생활 속의 명상

생활 속의 명상

일상을 명상으로 바꾸는 16가지 지혜

곽노순 외 지음

한문화

책 을 펴 내 며

이 책에 실린 글들은 대부분 지난 1998년부터 2000년까지 월간 〈건강
단#〉에 연재된 것들이다. 지면의 이름은 책의 제목과 같은 '생활 속의 명
상' 이었고, 달마다 주제를 바꿔가며 담당 기자가 그에 따른 다양한 명상법
을 소개하고 거기에 외부 필진의 산문이 보태지는 식으로 꾸며졌다. 김용
택 시인, 이생진 시인, 김홍일 신부, 이현주 목사, 박선태 교무 등이 그 때
도움을 주셨던 분들이다.

그 분들의 좋은 원고 덕분에 그리고 명상에 막 눈 뜨기 시작한 독자들의
지대한 관심 덕분에 '생활 속의 명상' 은 〈건강 단〉에서도 손에 꼽히는 인
기 있는 꼭지였다. 만 2년이 넘도록 장수했다는 사실도 그에 대한 방증의
하나일 것이다.

그러므로 월간지에 연재되던 '생활 속의 명상' 이 단행본으로 엮어져 나
오는 것은 어느 정도 예정된 수순이다. 연재 종료에 대한 독자들의 원성이,
어느 순간 단행본에 대한 요청으로 바뀐 지도 상당한 시간이 흘렀다. 고개
숙여 성원에 대한 감사와 더불어 게으름에 대한 용서를 구할 뿐이다.

단행본으로 꾸리면서 몇 가지 변화가 있었다. 박완서, 우종영, 차윤정, 최성현 이상 네 분의 글을 새롭게 추가했다. 또 몇몇 명상법의 경우, 한 자리에 모아놓고 보니 너무 비슷비슷한 느낌이라 아쉬운 마음을 접고 제외시켰다. 실생활에서 멀다고 생각되는 것도 과감히 삭제했다. 그 밖에 현재 시점에서 시효가 지나버린 제안과 낡은 표현법도 새롭게 손을 보았다.

사진에도 변화가 있었다. 전달하려는 내용에 부합하면서도 명상의 느낌을 좀더 살려줄 수 있는 것으로 대부분 교체했다. 읽을거리나 볼거리 모두 엄선하는 과정을 거쳤음을 말씀드리고 싶다.

명상이란 무엇일까? 흔히 사람들은 명상이라는 단어에서 가부좌를 틀고 앉아 면벽중인 스님의 모습이나 새벽 빛에 기대어 눈을 지그시 감고 묵상중인 수도자의 얼굴을 떠올리는 것 같다. 명상을 비일상적인 공간에서 이루어지는 비일상적인 체험이라고 오해하고 있는 것이다. 〈생활 속의 명상〉이라는 제목은 이런 세간의 오해를 풀어주기 위해 고안되었다.

이 책은 모든 일상적인 행위들, 즉 길을 걷고 밥을 먹고 TV를 보고 담배를 피우고 친구와 재미나게 다른 친구의 흉을 보는 모든 일들을 명상의 도구로 만들어 보라고 제안한다. 우리의 일상적인 행위들을 명상이라는 관점에서 재해석하고, 명상을 다시 일상적인 영역으로 끌어내리려는 의도를 갖고 있는 것이다. 그것은 삶과 만나지 못한 명상은 거짓이며, 반대로 명상은 삶과 만남으로써만이 그 진정성을 얻을 수 있기 때문이다.

이 책에서 소개하는 열여섯 가지 방법들을 활용한다면 누구나 명상으로 향하는 괜찮은 입구를 발견할 수 있을 것이다.

2005년 새해를 맞으며

편집부

차 례

들어가기 전에

하나, 주위를 정돈하기

편안하게 명상에 몰입할 수 있도록 잔잔한 음악을 틀어놓거나 향을 피워 분위기를 만들어 주는 것이 좋다. 또 조명을 부드럽게 해준다거나 방음이 되는 장소를 택하는 것도 어느 정도 도움이 된다.

그러나 이런 외적인 환경에 너무 길들여지지 않도록 주의한다. 이런 조건이 주어졌을 때만 몰입이 되거나 이완이 된다면 진정한 명상에 이르는 데 오히려 방해가 된다.

둘, 긴장을 누그러뜨리기

명상에 있어서 무엇보다 중요한 것은 몸과 마음의 긴장을 누그러뜨리는 일이다. 하지만 경쟁과 시간에 쫓기는 생활의 연속인 현대인들에게 긴장은 너무나도 일상화되어 있다. 의도적으로 긴장을 풀어보려 해도 몸과 마음이 쉽게 이완되지 않는다.

명상에 들어가기 전에 자신에 맞는 다양한 방식으로 심신을 이완시켜 주는 것이 좋다. 이완이 잘 안 될 때는 깊은 심호흡을 20~30회 정도 한다든지, 땀이 촉촉히 밸 정도로 운동을 해주는 것도 도움이 된다.

　명상은 경직되어 있는 몸과 마음의 자연스러움을 되찾는 것이다. 명상을 하면서 우리는 자기 안에 있는 우주 만물의 자연스러운 리듬, 그 호흡을 되찾게 된다. 그때 누구나의 내면에 잠재해 있는 신성神性이 되살아나기 시작한다.

셋, 마음을 열기

어린아이와 같은 마음을 갖는다면 명상은 한결 즐겁고 쉬워진다. 어린아이가 처음 사물을 대하듯 모든 주의를 기울여 신기한 눈으로 관찰한다면 우리는 사물의 또 다른 면을 발견하게 될 것이다.

　예를 들어, 아이들은 보잘 것 없는 나뭇가지 하나만 가지고도 하루종일 놀 수 있다. 그 창조성은 어디서 나오는 것일까?

　습관화된 관념을 던져 버리고 사람과 사물을 대해 보라.

넷, 있는 그대로를 받아들이기

억지로 하려 들면 절대 되지 않는 것이 명상이다. 호흡도 자연스럽게, 사람과 사물과의 교류도 자연스럽게 하는 것이 핵심이다.

머리 속이 복잡하다면 마음이 원하는 소리에 귀를 기울여라. 잡념이 많이 생기고 명상을 하고 싶지 않을 때는, 억지로 마음을 잡아매기보다 그냥 그 마음을 놓아 두고 지켜 보라. 그것도 명상이다.

조바심을 낼 필요가 전혀 없다. 그냥 당신의 그 모든 상태를 있는 그대로 받아들여라. 자연스러움이란 자신의 존재를 조건 없이 인정하는 데서 시작된다.

다섯, 스스로를 사랑하기

스스로를 있는 그대로 사랑하고자 하는 마음이 명상의 시작이다.
스스로에 대해 평소에 얼마나 좋은 느낌을 가지고 생활하고 있는가?

자신이 초라하게 느껴질 때, 세상 모든 일들이 시들하게 느껴질 때 그리고 타인들의 행동이나 말 한마디에도 마음이 불편해질 때, 그 때 당신은 명상의 시간을 가져야 하다.

　당신이 만일 세상 모든 존재에 대해 사랑과 애정을 느끼고 있다면 당신의 생활 자체가 이미 명상이다. 대상에 대한 이해와 교감 없이 사랑은 생겨나지 않는다.

　자신에 대한 사랑을 점차 확산시켜 보자. 마음 열기의 시작이다. 명상은 이 우주와 연결된 존재로서의 자신을 깨닫게 하는 통로이다.

산책

내 앞에 아름다움, 내 뒤에 아름다움
내 밑에 아름다움, 내 위에 아름다움
내 주위에 있는 것은 온통 아름다움 뿐
– 북아메리카 인디언 나바호족의 노래 가운데

집 근처의 공원이나 운동장을 천천히 걷거나 달려본 적이 있는가?
늘 보아온 곳인데도 그곳에서 새롭게 발견한 아름다움이 가슴을 파고들 때
가 있다. 탁트인 하늘은 매순간 다른 풍경들을 보여 준다.

가까이에 있는 소박한 자연 속에서 자신과 진지하게 대면해 보자. 또 다
른 내면의 눈이 생길 것이다. 매일 다니는 똑같은 산책로일지라도 싫증이
나지 않는다. 반복할수록 늘 새로운 경험으로 다가온다.

내면의 눈을 갖는다는 것은 그만큼 인식의 폭이 확장된다는 뜻이다. 햇
빛, 바람, 그것과 어우러진 사물들은 당신의 시각, 후각, 촉각을 새롭게 자
극할 것이다.

평소에 사용하지 않던 감각들과 만나 보라. 그리고 방어, 경쟁…… 이런
것들을 위해 사용하던 감각들은 잠시 잊어버려라.

장소와 친해지기

마음에 드는 장소 하나를 선택해 그 장소와 친해져 보자.

먼저, 집 주변의 산이나 공원에서 마음이 편안해질 수 있는 공간 하나를 선택한다. 그리고 그 곳에 가서 가장 편안한 자세를 취한다. 다리를 쭉 뻗고 앉거나 활짝 기지개를 켜서 몸과 마음을 편안하게 이완시킨다.

눈, 귀, 코, 모든 감각 기관을 활짝 열어놓는다. 새 소리, 바람 소리, 땅 위로 고개를 내민 풀꽃들, 파랗게 펼쳐진 하늘을 찬찬히 바라보고 소리 하나하나에 귀기울이고, 향기를 맡아 본다.

작은 노트 하나를 준비해서 그 장소에서 보고 들은 것들을 기록해 보자. 글 쓰기를 싫어한다면 그림을 그리거나 사진을 찍어 보는 것도 좋다.

그런 식의 다양한 도구를 이용해 새롭게 느껴지거나 감동을 주는 것들을 꼼꼼히 기록해 보자. 뺨에 와닿는 바람과 부드러운 흙의 감촉, 바닥을 기어가는 개미들의 몸놀림, 발밑으로 툭 떨어져 내리는 낙엽들……. 이런 것들에 마음을 집중하고 있으면 잡념이 사라지면서 잔잔한 기쁨을 누리게 된다.

이때 마음 속을 스쳐 가는 생각들을 함께 적어 보는 것도 좋다.

걷기

고대 그리스의 플라톤이나 아리스토텔레스는 걸으면서 강의나 토론을 했다. 그래서 이 학자들을 소요逍遙학파라고 불렀다. 아인슈타인은 고향의 논두렁길을 걷다가 상대성 이론을 생각해냈다. 또, 철학자 칸트는 하루도 빠짐없이 마치 의식을 치르듯 오후 4시의 산책을 즐긴 것으로 유명하다.

이처럼 걷기는 단순한 하체 운동이 아니다. 걸을 때 발의 근육을 사용하고 자세를 바로잡는 과정에서 뇌가 각성되고, 피의 흐름이 원활해져 뇌의 신경세포를 활성화시킨다. 아이디어 창출을 위해 기획 회의를 할 때 의자가 없는 방에서 회의를 하는 회사도 있다. 앉아서 생각하는 것보다 두 발로 걸으며 생각하는 것이 더 많은 창조력을 길러 준다.

교감하기

날씨가 따뜻하면 맨발로 걸어보자. 흙과 교감을 해보자. 신발을 신고 걸을 때도 발바닥에 가만히 집중해 보면 흙의 감촉이 생생하게 전해진다. 신발 바닥을 뚫고 전해지는 흙은 털이나 헝겊처럼 보드라우면서도 강한 생명력이 느껴진다.

마주치는 자연물들에 마음을 열어놓는다. 자신의 몸이 스폰지처럼 그것들을 흡수한다고 상상한다. 머리로는 하늘의 파란 기운이 죽 빨려 들어오고 온몸으로 나무의 기운, 풀의 기운이 스며든다. 풀들과 나무, 하늘, 돌 들에는 창조주의 흔적이 숨어 있다. 그것들에 마음을 연다. 그 기운이 우리 안으로 빨려 들어온다. 신선한 활력이 몸 안에 차고 창조성이 고양된다.

호흡하기

시선은 서너 걸음 앞을 바라보고 코 끝에 의식을 집중하여 정신이 흐트러지지 않게 한다. 걸음에 맞춰 호흡을 조절하는데, 두 걸음에 한 번 들이쉬고 두 걸음에 한 번 내쉬든지, 혹은 세 걸음마다 숨을 들이쉬고 내쉰다. 익숙해지면 단전으로 숨을 들이마시고 단전으로 내쉰다. 이 방법을 오랫동안 하게 되면 아무리 오래 걸어도 피로를 느끼지 않게 된다. 등산할 때 응용하면 또 다른 산행의 묘미를 맛볼 수 있다.

자신과의 대화

마음 속에 쌓인 스트레스나 생각들을 소리 내어 말해 보자. 주위에 사람들이 없다면 큰 소리로 속이 후련해질 때까지 계속한다. 대상이 없어서 어색하다면 주위의 나무나 풀을 친구 삼아 솔직하게 자신의 모든 것을 털어놓는다. 내가 왜 우울한지, 기분이 나쁜지……. 원인을 알 수 없을 때 이 방법을 활용하면 현명한 해결책을 얻을 수 있다. 대화를 반복할수록 그 말들을 모두 듣고 있는 또 하나의 지혜로운 내가 있음을 발견하게 된다.

달리기

온몸을 사용해서 달리기

처음에는 천천히 달린다. 익숙해지면 조금 빠르게, 더 익숙해지면 아주 빨리 달린다. 달릴 때는 어린아이처럼 손과 발을 크게 움직이며 온몸을 사용해서 달린다. 가슴으로 호흡을 하면 금방 숨이 차오른다. 이때는 배로 길고 깊게 숨을 쉰다. 잘 안 되면 그냥 의식을 배에 두고 달리다 보면 자연스럽게 호흡이 진행된다.

달리는 일 자체에 집중한다. 잡념이 사라지고 마음이 아주 개운해진다. 달리면서 당신의 에너지가 다리를 통해 대지로 흘러감을 느낀다. 그렇게 몇 분을 달린 뒤, 땅에 못박힌 듯 가만히 서서 당신의 발과 대지 사이의 교감을 느낀다.

공기가 신선하고 기운찰 때 그리고 온 세상이 잠에서 깨어나는 시간에 달리면 더욱 좋다. 절대로 의무감에서 달리거나 기계적이 되어선 안 된다. 달리는 것이 기계적인 행동으로 느껴진다면 그만두고 차라리 느낌이 있는 다른 일을 한다.

바람을 맞으며 달리기

달릴 때 온몸이 텅빈 자루가 되었다고 생각한다. 몸에 있는 모든 감각을 열어놓고 달린다. 옷을 입고 있지만 벗었다고 생각하고 바람이 몸에 와서 부딪히는 것을 느낀다.

손에, 가슴에, 머리에, 다리에, 무릎에, 온몸에 바람을 느껴 본다. 샤워를 할 때 물줄기가 우수수 떨어지듯이 바람이 쏴쏴 하는 소리를 내며 몸을 통과한다. 통과하면서 몸과 마음을 맑은 에너지로 씻어 내린다. 몸에 있는 부정적인 에너지와 생각들이 씻겨 나간다.

길에서

우리 집에서 내가 다니는 직장까지의 길은, 논길이었다가 마을 큰길이었다가 강길이었다가 공차를 얻어타기도 했다가 생각 미치는 대로이지 일정하게 정해져 있지 않다.

　논두렁길을 걸어다닐 때는 주로 봄부터 풀잎에 이슬이 맺히기 전까지이다. 풀잎이 자라 이슬이 맺히면 신과 양말과 바지가랑이가 젖기 때문에 논두렁을 타고 넘지 못한다. 논두렁을 다닐 때는 일정한 길이 없다. 닥치는 대로 아무 데나 가면 된다. 논에 아무것도 심어져 있지 않기 때문에 논도 길

김용택　시인. 지은 책으로는 시집 〈섬진강〉〈맑은 날〉〈꽃산 가는 길〉 등이 있으며, 섬진강가 진메마을 사람들의 이야기를 쓴 산문집 〈그리운 것은 산 뒤에 있다〉〈섬진강 이야기〉가 있다. 현재 전북 임실에 있는 마암분교에서 아이들을 가르치고 있다.

이 된다.

그 때쯤이면 봄꽃이 피어난다. 걸럭지나물꽃, 박조갈래꽃, 쑥부쟁이꽃, 솜다리꽃 이루 헤아릴 수 없을 만큼 작은 풀들이 돋아나 꽃을 피운다. 나는 그 꽃이름들을 사전에서 찾고 어머니께 물어 이름들을 외우지만 금방 잊어버린다. 아무튼 나는 아무 논이나 논두렁을 타고 다니며, 넘나들며 논두렁에 핀 꽃들을 아는 데 정신을 다 판다. 그러면서 봄이 가고 여름이 온다.

여름이 되면 나는 마을길, 정식으로 난 마을 큰길을 따라 다닌다. 이 길이 내 직장까지 가는 가장 먼 길이기도 하다. 두 마을을 지나 찻길을 지나야만 학교에 이른다. 이 길도 아름답고 곱긴 마찬가지이다. 길 아래엔 논이고 길 위엔 밭이다가 마을이다가 어디만큼 가면 길은 작은 들 한가운데로 나를 이끈다. 아침 안개와 저녁 마을의 연기, 그 연기 속에서 참새들의 지저귐과 나이든 농부들, 지게 진 어른들, 보리밭의 푸르름을 나는 본다. 벼가 자라고 익기까지의 그 긴 세월 동안 나는 하루도 거름 없이 이 길을 다닌다. 이 길 어디만큼 이르면 우리 마을로 달려가며 부서지는 하얀 물이 보이고 물소리가 문득 들린다. 내 정신도 문득 개이고 아득한 우리 마을이 보인다.

나는 별반 친구도 없고, 아니 있을래야 있을 수도 없고(젊은이들이 농촌엔 없으므로) 늘 혼자 외롭게 걷는다. 때로 우리 동네 한 아이와 걷기도 하지만 거의 말이 없이 혼자 걷는다. 늘 보는 들, 늘 만나는 얼굴들, 늘 보는 산과 꽃과 나무와 밭과 이런 것들에 감동하고 감격한다.

그들은 늘 정직하고 아무런 마음의 닫힌 문이 없다. 아니 그런 것들은 아예 문이 없다. 가져갈 것도, 꼭 간수해야 할 것도 없으므로 그들에겐 남을 경계해야 할 어떤 이유가 없는 것이다. 보이는 그대로를 믿으면 된다. 늘 거기 있는 나무와 산과 물이 이러하니 내 벗이요, 내 친구요, 다 서로의 것이 된다.

내가 다니는 이 큰길엔 한 그루의 커다란 느티나무가 우뚝 서 있다. 이 느티나무는 내 직장까지의 길 중간쯤에 있다. 보면 볼수록 의젓하고 품위가 있다. 만약 이 느티나무가 여기 없었다면 이 들판이 얼마나 쓸쓸하고 적막할까를 생각한다. 아주 맞춤한 곳에 맞춘 듯 서 있는 것이다. 봄에 연초록 잎이 피어나기 시작하면 이 느티나무 아래에서 나는 맘이 설렌다. 잎이 무성해지면 나뭇잎 속에 매미들이 날아와 울고 내가 조금 늦은 밤 이 밑을 지나면 소쩍새가 울기도 한다. 나는 이 느티나무와 너무 정이 들었다. 어릴 때부터 나는 이 느티나무 아래를 하루에 두 번씩 지났던 것이다.

나는 이 느티나무에서 쉰다. 여름철 길을 걸으며 이마와 등줄기에 난 땀을 식히려고 나무에 등을 기대고 나무 뿌리에 앉으면 등이 서늘해 오고 온몸에 냉기가 도는 듯하다. 들에서 일어나는 바람결은 또 얼마나 서늘한가.

가을이 되면 이 느티나무가 또 아름답고 찬란하게 물이 든다. 느티나무

아래엔 온갖 풀꽃들이 피어나고 그 근방엔 감들이 붉게 익어 감나무 가지마다 주렁주렁 꽃같이 달려 있다. 누런 벌판, 내가 지나는 마을길에 늦게 핀 호박꽃, 늦게까지 달린 마을 집집 마당의 감들과 안개, 이런 것들이 내 마음을 정돈하고 내 감정을 풍부하게 만든다. 내 살림살이는 늘 가난하지만 이런 것들이 다 내 것이므로, 아니 누구의 것도 아니므로 나는 늘 부자처럼 속으로 행세한다.

모든 잎이 떨어지고 풀들도 눕고 곡식도 떠나고 늙은 농부도 오지 않는 벌판이 되면, 나는 하얀 서리발을 밟으며 다시 논두렁 길을 가기도 하지만, 그보다는 주로 강길을 간다. 강길은 멀고 휘어져 있다. 겨울 아침 물소리는 내게 늘 나를 깨우치는 소리로 들린다. 논두렁에 남은 억새꽃의 저물녘 어둠. 강물을 따라 가는 내 마음은…… 아, 얼마나 부자인가! 흐르는 물을 따라서 걷는 기쁨을, 그 복된 삶을 누가 알겠는가. 나는 행복하며 늘 사는 게 고맙다.

몇 번 서리가 마른 강풀에 하얗게 내리고 나면 어느 날 문득 눈이 내린다. 마른 풀잎에 사륵사륵 떨어지는 눈송이, 느티나무 실가지 끝에 얹히는 눈송이, 강물로 떨어지며 사라지는 눈송이. 강물에 솟은 바위에 적막하게 쌓이는 눈과 그 그림자의 고요함들을 보며 나는 걸어다닌다.

세월이 간 것이다.

눈보라를 피하여 그리고 매운 바람을 피하여 나는 그 느티나무 등뒤에 서서 지나온 날들을 떠올리곤 한다.

봄부터 이 겨울, 이 일 년의 끝에서 나는 지나온 내 길을 생각한다. 내가 보며 감동했던 꽃과 새로 잎 피운 나무와 어느 날 문득 물소리 속에서 새로 들리던 물소리, 그 속에서 들리던 새소리에 놀라 문득 섰던 때, 예쁜 풀꽃들을 사진 찍어 보던 그 사진 속에 담긴 내 마음, 쓰러진 벼와 그 벼를 일으키던 늙은 농부의 마음, 지독한 가뭄 때문에 타들어가던 논밭의 곡식들, 그 곡식들과 함께 가뭄을 타던 늙은 농부들의 그 주름진 얼굴들이 가슴 아프게 떠오른다.

나는 그렇게 이 길에서 살았다. 내 어린 초등학교 때부터 지금껏 이 길을 벗어난 적이 없다. 내 유년과 젊은 청춘, 그리고 중년을 나는 이 길에서 기뻤고 행복했고 그리고 슬펐고 외로웠으며 고독했으며 세상을, 세계를, 세상을 보는 눈과 마음을 터득했다.

한 해가 다 가는 이 길 모퉁이에서 나는 내가 살아온 한 해를, 내가 겪은 이 사회와 겨레의 한 해를 되돌아 본다. 거기 깨끗하게 빈 들녘과 그 느티나무가 우뚝 서 있다. 저 들과 나무는 지금 무엇을 떨구어내고 무엇을 준비중일까?

교

류

길가나 장터에서 친구를 만나거든
그대의 입술과 혀를 마음속에 있는 영혼으로 움직이게 하라.
그리고 그대 목소리 속의 목소리로, 그의 귓속의 귀를 향해 말하라.
– 칼릴 지브란Kahlil Gibran

영혼과 영혼 사이에 오가는 따뜻한 교류는 인간에게 주어진 아름다운 선물이다. 만일 우리가 항상 주위 사람들과 마음이 잘 통하여 진실과 따뜻한 교감 속에서 살 수 있다면 하루하루가 축제처럼 즐거워질 것이다.

편안한 시선 하나만으로도 말 없는 대화를 나눌 수 있는 그런 상대가 있는가? 가족, 친구, 동료, 연인 등 나에게 주어진 이 모든 만남은 서로의 관계를 통해 성장해갈 수 있는 아주 소중한 선물이다. 사랑의 나눔은 우리를 성숙하게 한다.

하루가 저물어갈 때, 한 계절이 지나갈 때, 한 해가 끝나갈 때, 주변 사람들과의 관계를 돌아보자. 마음에 앙금처럼 남아있는 감정들 혹은 무관심, 타인에 대한 두려움이 당신의 가슴을 오그라들게 하고 있지는 않은가?

더 이상 당신 안에 있는 사랑을 표현하는 일을 뒤로 미루지 말자.

마음과 마음 잇기

사람에 대한 미움이 생길 때가 있다. 미운 감정은 마음을 불편하게 할 뿐 아니라 그 감정이 쌓이고 뭉쳐서 병이 되기도 한다. 어떤 대상을 거부하기 시작하면 싫어하는 생각과 감정이 지속적으로 발생하고 몸의 세포들도 저항의 파동으로 공명한다.

그 감정은 생명력을 얻어 당신의 내면을 쪼그라들게 한다. 현대물리학은 의식으로부터 나오는 생각이 독특한 진동수를 지닌 파장이며, 에너지가 있는 물질적 입자임을 밝히고 있다.

지금 어딘가가 이유 없이 찌뿌드드하고 기운이 빠진다면 마음을 들여다보자. 내 안에 누군가에 대한 미움, 원망, 두려움이 있지는 않은가? 그 마음을 없애려 들기보다 그 자리에 사랑을 심어보자.

사랑은 저절로 찾아오지 않는다. 사랑은 연습을 통해서 자라날 수 있다. 그것을 이해한다면 누군가를 미워하느라 낭비하는 에너지를 사랑의 에너지, 창조의 에너지로 전환시키는 일이 훨씬 쉬워질 것이다.

시간이 날 때마다 여기 소개하는 명상법을 반복해 보라.

사랑의 마음 보내기

우선 밝고 행복에 넘치는 자신의 모습을 마음 속으로 그린다. 얼굴에는 미소가 가득하며 가슴에서는 환한 빛이 퍼져나가는 것을 상상한다.

'사랑, 사랑, 사랑……' 하고 계속 되풀이하며 '사랑' 이라는 단어로 온몸을 가득 채운다. 그대로 몸과 마음의 반응을 느껴 본다.

당신의 몸에서 사랑의 빛이 흘러넘친다고 느껴지면 자신과 가장 가까운 사람들의 얼굴을 떠올린다. 부모나 자녀, 친구, 스승 이런 이들의 얼굴을 떠올린다.

한 사람씩 차례차례 당신의 마음에서 쏟아져 나오는 밝은 빛을 보낸다. 당신이 보낸 빛에 둘러싸여 환하게 웃고 있는 그들의 얼굴을 다시 한 사람씩 떠올린다.

다음에는 당신의 이웃들과 무심히 지나치던 동료들의 얼굴을 떠올린다. 그들에게도 같은 방식으로 당신의 마음을 보낸다.

다음에는 특별히 당신이 과거에 싫어했던 사람, 현재 적대감을 느끼거나 대하기 어려운 사람을 떠올린다. 그들에게도 같은 방식으로 당신의 마음을 흠뻑 쏟아보낸다.

잠재의식과 대화하기

가족 가운데 서로 갈등을 겪고 있는 사람이 있다면 그 사람이 잠들어 있는 시간을 활용한다. 잠들어 있을 때 우리의 잠재의식은 순수하게 모든 정보를 흡수한다.

잠들어 있는 상대방의 얼굴을 아무런 감정 없이 바라본다. 당신의 마음이 고요하게 가라앉으면 이제 그 자리에 사랑의 마음을 불러온다.

'사랑, 사랑, 사랑……' 하고 반복하면서 당신의 가슴을 사랑의 빛으로 가득 채운다. 그리고 마음 속으로 잠들어 있는 상대방의 의식에게 진실한 마음으로 말을 건넨다.

'나는 당신을 해치고자 하는 마음이 없습니다. 나는 당신을 이해합니다. 그리고 당신을 진심으로 사랑하고 있습니다. 내 마음과는 다르게 말과 행동은 엇갈려 나옵니다. 당신이 진심으로 행복하기를 바랍니다. 내일 아침 우리는 서로를 좀더 잘 이해하는 마음으로 대할 수 있을 겁니다.'

이런 생각으로 자신의 마음을 가득 채워나간다.

하지만 가족이 아닌 사람이거나 상대방을 마주할 수 없는 상황이라면, 이른 새벽이나 밤이 깊은 시각에 그 사람 얼굴을 떠 올리며 말을 건네보는 것도 좋다.

연대감

여기 소개하는 방법들은 가족이나 회사 동료 등 자주 어울리는 공동체의
모임에서 활용하면 좋다.

말과 행동으로 사랑을 표현하는 것에 익숙해지면 평소에 느끼지 못하던
깊은 연대감에 몸이 떨리는 체험을 하게 될 것이다.

우리 안에 꼭꼭 감추어두었던 슬픔, 외로움, 어두운 경험들을 타인과의
사심 없는 교류를 통해 정화할 수 있다. 이러한 경험을 통해 우리는 하나의
그물망처럼 촘촘히 연결된 사람과 사람, 사람과 우주의 관계를 몸소 체험
하게 된다.

서로의 눈을 편안하게 바라본다

눈을 바라보는 것은 사랑하는 마음을 싹트게 하기 위한 아주 좋은 방법이
다. 바라봐 준다는 것은 서로를 받아들이는 첫번째 관문이다. 진실한 눈빛
을 주고받음으로써 겉돌기만 하던 관계는 진전되기 시작한다.

1. 두 사람이 마주 보고 서거나 앉는다. 서 있다면 30센티 정도 사이를 두

고, 앉은 경우는 무릎이 맞닿을 정도로 가깝게 앉는다.

2. 일 분 정도 서로를 지그시 응시한다. 눈을 깜박이거나 뚫어지게 쳐다보지 말고 눈의 긴장을 빼고 부드럽게 바라본다. 눈에 힘이 들어가거나 자신도 모르게 상대를 노려보고 있지는 않은지, 겸연쩍어 웃음이 나오지는 않는지 스스로를 관찰한다.

상대의 눈을 편안히 바라보는 일이 의외로 힘들다는 것을 발견하게 될 것이다. 또 평상시에는 알지 못했던, 상대방의 새로운 면을 발견할 수 있을 것이다.

3. 몰두하기 위해서는 마음 속에 상대에 대한 선입견을 지워버려야 한다. 마치 처음 만난 사람처럼 아무 생각 없이 바라본다.

깊이 집중해서 몰두하다 보면, 사람에 대한 신뢰감과 사랑이 마음 깊은 곳에서 서서히 우러나와 가슴을 가득 채우는 것을 경험하게 될 것이다.

여러 사람이 함께 하는 경우라면 파트너를 바꿔가며 해본다. 처음에는 익숙하지 않아 아무 느낌이 없이 어색하기만 할 수도 있다. 그러나 지금 이 순간만은 상대방의 모든 것을 받아들이고 자신의 모든 것을 보여 주겠다는 마음을 갖는다면 차츰 편안해질 것이다.

가슴과 가슴을 맞대어 포옹한다

'가슴 포옹'은 격정적인 애무나 충동적인 사랑의 표현과는 다른 감동을 느끼게 해준다. 그런 감동은 순수하고 조건 없는 사랑, 열린 마음으로부터 나온다.

다음의 방법을 따라서 해본다.

1. 마주 보고 서서 서로의 시선을 응시한다.

2. 두 팔로 상대방의 어깨나 등을 감싼다.

3. 서서히 가슴과 가슴이 완전히 맞닿게 한다. 두 사람이 함께 천천히 편안하게 호흡을 하면서, 가슴으로 깊은 온정이 전해지도록 마음을 집중한다. 이 체험이 깊어지면 타인과의 일체감이 가져다 주는 환희를 경험하게 된다.

기운나누기

우리 몸에는 기氣가 흐른다. 마음을 주고받는다는 것은 기를 주고받는 것이 기도 하다. 마음이 잘 통하는 사람과 함께할 때 활력이 솟는다. 우리는 그 렇게 서로 에너지를 주고받으며 성숙해간다. 나에게서 다른 사람에게로, 다른 사람에게서 다시 나에게로 기운을 잘 흘려보내고 잘 받아 주는 사람 은 마음이 열려 있는 사람이다. 기운을 주고받는 수련을 통해 사랑 나누기 를 구체적으로 체험해 보자.

먼저 기운을 잘 느끼기 위해 다음의 준비 동작을 취한다.

박수를 신나게 20회 정도 친다. 그런 다음, 마치 투명한 공을 쥐고 있는 것 처럼 손을 가볍게 말아 쥐고 좌우로 빠르게 흔든다. 이제 손바닥의 느낌에 가 만히 집중해 보자. 손이 따뜻해지는 느낌, 저릿저릿한 느낌, 뭉클뭉클한 느낌, 간질간질한 느낌 등 여러가지 느낌이 있을 것이다. 이것이 기운의 느낌이다.

두 사람이 하는 경우
1. 두 사람이 무릎을 맞대고 마주 앉아서 한 사람은 손등이 위로 올라오게

하고 다른 사람은 손바닥이 위로 올라오게 해서 서로 손바닥끼리 마주보게 한다. 15센티 정도 사이를 두고 한 사람이 위에서 기운을 주고 한 사람이 받는 형태를 취한다.

2. 눈을 감고 손바닥과 손바닥 사이에 흐르는 기운을 느낀다.

3. 어떤 느낌을 받았는지 서로 이야기한다.

여러 사람이 하는 경우

1. 둥그렇게 원을 그리고 둘러 앉아 한 손은 손등이 위로 올라가게 하고 다른 손은 손바닥이 위로 올라가게 한다. 한 손은 기운을 주고 다른 한 손으로 기운을 받는 형태이다.

2. 눈을 감고 기운을 주고받는다.

3. 그 느낌 속에 깊이 몰입하면서, 참가한 사람 모두가 하나의 기운으로 연결되어 있는 모습을 마음속으로 그린다.

4. 어떤 느낌을 받았는지 서로 이야기한다.

한 사람에게 집중해서 기운 보내기

1. 여러 사람이 원을 그리고 앉아 원 안에 한 사람이 들어가서 앉는다.

2. 모두가 눈을 감고 손바닥이 그 사람을 향하게 한다.

3. 손바닥에서 맑은 사랑의 기운이 나가는 것을 상상한다.

4. 다른 사람으로 교대한다.

5. 각자 자신의 느낌을 이야기한다.

몸으로 만나다

캘커타 〈마더 테레사의 집〉은 제게 학교 같은 곳이었습니다. 그곳에서 저는 그때까지 한 번도 해보지 못했던 많은 일들을 배우게 되었습니다.

방망이로 두드려 빨래를 빠는 법부터 어떻게 하면 환자를 덜 아프게 하면서 붕대를 갈아줄 수 있는지까지, 그 수업의 코스는 아주 다양했습니다. 한결같이 소중한 경험이었고 교훈이었지만, 그중에서 무엇이 제 인생에 가장 큰 도움을 주었느냐고 묻는다면, 저는 주저없이 '사람을 몸으로 만나는

조병준 서강대학교 신문방송학과와 같은 대학원을 졸업했다. 시인, 번역가, 문화평론가로 활동하는 틈틈이 인도와 유럽 등지를 여행했고, 그 속에서 이루어진 수많은 만남들을 〈길에서 만나다〉 〈제 친구들과 인사하실래요?〉 등의 책으로 펴냈다. 인도 캘커타에 있는 '마더 테레사의 집' 에서의 자원봉사자 생활이 가장 행복하다는 그는, 요즘도 그곳으로 떠날 기회를 호시탐탐 엿보고 있다.

방법'을 배운 것이라고 대답할 것입니다.

〈마더 테레사의 집〉의 환자들은 물론 대개 영어를 못합니다. 그중에 많은 사람들이 정신지체자들이고, 또 적지 않은 사람들이 삶과 죽음의 갈림길에서 의식을 잃어버리게 됩니다. 여기저기서 주워들은 벵갈어 단어 몇 개가 있긴 했지만, 그곳에서 말로 하는 언어는 환자들과 자원봉사자들 사이의 커뮤니케이션 수단이 될 수 없습니다. 환자들이 무엇을 원하는지, 제가 무엇을 어떻게 해 주어야 할지, 알아내는 수단은 오직 하나뿐입니다. 몸입니다.

자원봉사자들은 대개 고무장갑을 끼고 일을 했습니다. 하루종일 환자들의 배설물을 다뤄야 하고, 특히나 이런저런 질병이 가득한 곳이라 당연한 일이라고 할 수 있었습니다. 그놈의 무서운 AIDS 공포 때문에 문제는 더욱 심각해졌습니다. 수녀님들도 항상 고무장갑을 끼고 일하라고 당부하셨습니다.

그런데 어딜 가나 삐딱이들이 있는 법이지요. 모리셔스라는 섬나라에서 온 프랑소와라는 청년 봉사자가 있었습니다. 그때 나이 겨우 열여덟밖에 되지 않은 어린 소년이었습니다. 이 소년은 끝까지 고무장갑을 거부했습니다. 그의 항변인즉 이러했습니다.

"나는 벵갈어를 모르고, 저들은 영어를 몰라. 내가 저들과 소통할 수 있

40

는 방법은 딱 한 가지뿐이야. 손으로 만지는 것 말이야. 고무장갑을 낀 손
으로 상대를 쓰다듬으면서 '널 사랑해'라고 말할 수 있어?"

캘커타의 공용어는 영어였지만, 진짜 언어는 영어가 아니었습니다. 바로
몸이었습니다. 손으로, 눈빛으로, 그리고 서로 감싸 안은 어깨와 가슴으로
커뮤니케이션이 이루어졌습니다. 부모 자식 간에도 청소년기만 되면 신체
접촉이 거의 금지되는 한국에서 살아온 저였습니다. 그러니 캘커타의 그
무성한 '몸의 대화'가 저에게 얼마나 큰 충격이었을지를 짐작하기는 별로
어렵지 않을 겁니다.

몸으로 하는 말. 그것을 '몸말'이라고 줄여서 불러 보려 합니다. 캘커타
의 경험을 통해 저는 몸말의 위대함을 그야말로 몸으로 깨달았습니다. 손
한번 마주잡는 것으로, 부둥켜안은 팔과 가슴으로 얼마나 많은 감정과 느
낌과, 심지어 영혼의 파장까지 전할 수 있는지를 배웠습니다. 캘커타에서
몸은 소통의 수단으로 그치지 않았습니다. 캘커타에서 몸은 또 치유의 수
단이기도 했습니다. 환자들의 상처를 치료하는 일에서부터 캘커타의 노동
과 고통에 지친 자원봉사자 친구들끼리 서로의 아픈 어깨를 주물러 주는
일까지, 몸은 치유의 주체였고 대상이었고 통로였습니다.

알래스카에서 온 모건이라는 친구는 틈만 나면 제 어깨와 팔다리를 주물
러 준 친구였습니다. 그는 광물과 오일 등 자연의 치유력을 믿는 친구였습

니다. 그리고 무엇보다 사람에게 최선의 치유는 바로 손으로 몸을 만져 주는 것임을 믿는 친구였습니다.

　모건은 제 인생에서 처음으로 제 발을 마사지해 준 친구였습니다. 그의 엄지손가락이 제 발바닥의 우묵한 부분을 천천히 힘을 주어 만져 주었을 때, 저는 우리의 몸이 얼마나 놀라운 위로의 힘, 치유의 힘을 가지고 있는지를 온전히 깨달을 수 있었습니다. 그의 손에서 저의 발로 전해진 것은 다름아닌 우정 또는 사랑의 파동이었습니다. 그 파동이 제 온몸을 돌고 돌아 어딘지 알지 못할 곳에 있는 제 영혼까지 울리는 것을 저는 똑똑히 느낄 수 있었습니다.

　침팬지 사회에서 밥 먹고 잠자는 일을 제외하면 가장 중요한 일이 서로의 털을 골라주는 일이라고 들었습니다. 표면적인 이유는 털 속에 살고 있는 기생충을 잡아내는 일입니다. 저는 그것을 조금 다르게 해석하고 싶습니다. 그렇게 서로 이를 잡아주며 침팬지들은 몸의 대화를 나누고 있을지도 모릅니다. 여기 네 옆에 내가 있어. 네가 필요할 때면 나는 언제든지 내 손으로 네 몸을 만져 줄 거야. 그러면 너는 아프지 않게 될 거야. 아마 그런 무언의 말들이 오고갈 것 같습니다.

　인간과 침팬지 사이의 유전자 차이가 겨우 1.6%라죠, 아마. 우리 사람들도 틀림없이 침팬지들처럼 하루의 거의 대부분을 서로의 몸을 만져 주며 살던 시간이 있었을 겝니다. 수백만 년의 시간이었겠지요. 우리는 도대체 얼마나 뛰어난 '정신적' 능력을 가진 존재길래 그 수백만 년의 유산을 이렇게 하루아침에 송두리째 잃어버리게 된 것인지 참 알다가도 모를 일입니다.

사람과 사람이 만나는 데에는 물론 아주 많은 길이 있습니다. 피를 흘리며 함께 적을 무찌르는 전우도 있을 수 있고, 불꽃 튀기는 지적 토론으로 날밤을 새우는 친구도 있을 수 있고, 흔한 말로 영혼의 친구도 있을 수 있습니다.

어떤 만남은 부정적인 에너지로 사람을 망가뜨릴 수도 있지만, 좋은 만남은 언제나 긍정적인 에너지로 사람을 키웁니다. 햇빛의 에너지가 식물을 키우듯이 말입니다. 저는 아침 나절 화분에 물을 줄 때 유리창을 통해 들어온 햇빛이 잎새들을 만지며 하는 소리를 가끔 듣곤 합니다. 잘 잤니? 춥지? 이제 내가 너를 만져 줄 테니까 또 무럭무럭 크렴…….

햇빛 없이 식물이 살 수 없듯, 사람은 또 다른 사람 없이 살 수 없습니다. 빛은 입자이면서 동시에 파동이라고 합니다. 사람은 사람에게 또한 입자이면서 동시에 파동입니다.

나를 사랑하는 사람의 손길은 내 몸의 막힌 부분을 두드려 풀어 주고, 그렇게 입자의 두드림에서 시작된 파동이 내 온몸으로 퍼져 나갑니다. 그것을 정신이라고 부르건, 영혼이라고 부르건, 내 몸 속에 존재하는 또는 내 몸을 부르는 또 하나의 이름인 마음에 그 파동이 이릅니다. 파동은 내 몸 안에서 공명을 일으킵니다. 그 공명이 나를 살아 있게 합니다.

갑자기 붐을 일으키고 있다는 발 마사지 업소들을 볼 때, 언제나 속을 메슥거리게 만드는 이른바 '안마시술소'를 지나갈 때마다, 저는 몸이 오그라듭니다.

우리는 왜 이렇게 어리석게 살아가고 있을까. 손을 내밀어 줄 상대들이 얼마나 많은데, 우리가 어깨와 발을 내밀면 만져 줄 사람들이 분명히 있을 텐데, 왜 저렇게 많은 사람들이 돈을 내고 타인의 손길을 사야 하는 것일까.

풀리지 않는 의문입니다. 하긴 캘커타에 있다가 서울에 돌아오면 저도 쓸쓸해지곤 합니다. 서울에는 캘커타처럼 마음 놓고 제 몸을 맡길 수 있는 사람들이 많지 않기 때문입니다. 아직도 서울에서 몸으로 만나기는 금기의 일부이니까요.

그래도 저는 참 다행입니다. 캘커타에서의 배움 덕분에 저는 서울에서도 사람들을 몸으로 만나려고 노력합니다. 가끔씩이지만 그렇게 몸으로 만날 수 있는 사람들이 제게 서울을 살아낼 수 있는 힘을 줍니다.

숲

다음의 낱말들을 천천히 읽어 보자.

참나무, 소나무, 떡갈나무, 굴참나무, 우산나물, 짚신나물, 갈퀴나물, 쥐오줌풀, 며느리밥풀, 바람꽃, 별꽃, 비비추, 백리향, 뻐꾸기, 멧새, 꾀꼬리, 쌕새기, 실베짱이, 암먹부전나비, 열점박이노린재, 꽃등에……

이 이름들을 따라 읽어가는 것만으로도 당신은 마치 숲 한가운데 서있는 듯 머리가 맑아지지 않는가? 숲에 가면 이들을 만날 수 있다. 신선한 바람, 맑은 햇빛도 물론! 숲을 찾는 것만으로도 우리는 절로 자연의 리듬에 동화되고 명상의 효과를 얻을 수 있다.

숲으로 가 보자. 거기에는 도시에서 볼 수 없는 수많은 소리와 색과 삶의 방식이 있다. 아무런 조건이나 목적 없는 그들과의 만남을 통해 당신은 삶의 의욕과 자신에 대한 사랑이 다시 솟아오르는 것을 느낄 것이다. 당신 안에 잠자고 있는 순수와 창조, 생명력에 대한 그리움이 강렬하게 솟구칠 것이다.

나무와 교감하기

느끼기

나무에게 친근감을 느끼는 것이 무엇보다 중요하다.

당신이 나무를 사랑하고 있다는 것을 나무가 느낄 수 있게 해준다. 가만히 쓰다듬어 보거나 말을 걸어 본다. 당신은 좋은 사람이며 해를 끼치려는 마음이 없다는 것을 느끼도록 한다.

　나무와 어느 정도 친숙해졌다는 느낌이 들면 두 팔을 벌려 나무 둥치를 끌어안는다. 그리고 온몸을 나무에게 밀착시킨다. 그 상태에 머물면서 나무가 뿌리에서 물을 빨아올리는 느낌, 숨을 쉬는 느낌을 느껴 본다. 나무가 사랑받는 아이처럼 행복해하는 것을 느껴 보라. 싱싱한 나무의 생명 에너지가 당신 안으로 흘러 들어오는 것을 느껴 본다.

치유하기

나무와 함께 있으면 부정적인 감정이나 에너지를 치유할 수 있다. 나무를 느끼며 에너지를 주고받다 보면 기분이 더 맑게 고양되는 것을 느낄 수 있다. 나무들은 그들 고유의 방법으로 기운을 순환시키고 파장을 고조시킬 수 있기 때문에 사람이 보내는 부정적인 감정의 파장들을 정화시켜 준다. 나무를 끌어안거나 몸을 기댄 채로 그 생명력에 의해 몸과 마음이 정화되는 것을 느껴 본다.

　버드나무는 머리를 맑게 하고 두통을 해소시켜 준다. 소나무는 온갖 부정적인 감정, 특히 죄책감을 씻어 준다.

　정화가 끝나면 이 신성한 체험을 허락해 준 나무에게 감사의 마음을 보낸다.

나무와 하나 되기

나무 앞에 마주 선다.

한 손은 손바닥을 나무둥치에 대고 다른 손으로는 나뭇가지 하나를 쥔다. 그리고 눈을 감고 나무의 에너지가 나를 감싸게 한다. 나무로부터 어떤 보이지 않는 팔들이 나와 나무에게로 더 가깝게 끌어당기는 느낌을 느껴 본다. 발이 땅 속으로 쑥쑥 들어가는 듯한 느낌을 느껴 본다.

　이제 나와 나무 사이에는 아주 순수하고 깊은 연결 고리가 형성되었다. 나의 발가락들은 땅 속에 깊이 박혀 뿌리가 되고, 몸통은 나무의 몸통처럼 곧게 펴진다. 나와 나무의 생명력이 하나가 된 듯이 느껴 보자.

나무 명상

팔을 아주 천천히 머리 위까지 들어올려 나뭇가지 모양을 취해 준다. 팔이 머리 위까지 올라가는 데 10분이 걸릴 정도로 느린 움직임을 취해 준다.이제 눈을 감고 당신이 하나의 나무가 되었다고 생각한다. 온 마음으로 나무가 되기를 간절히 소망한다.

당신은 나무다!

발은 뿌리고, 다리는 둥치며, 팔은 가지다. 바람이 산들산들 불어오면 손은 잎사귀가 되어 우아하게 물결친다. 나무의 싱그러운 냄새가 바람을 타고 사방으로 퍼진다. 잎사귀들은 햇빛에 반짝이며 아름답게 출렁인다. 그 아름다움을 음미하며 마음속으로 계속해서 이야기해 준다.

'나는 한 송이 연꽃이다…… 나는 한 송이 연꽃이다……'

바람이 불면 몸이 바람을 따라 흔들린다. 바람에 따라 손도 움직이고, 허리도 움직인다. 손가락 끝의 혈을 통해 몸 안의 탁한 기운들이 빠져 나간다.

이제 다시 팔을 아주 천천히 내린다.

숲의 소리

남태평양 어느 섬의 원주민들은 나무를 쓰러뜨리기 위해 독특한 방법을 쓴다. 나무를 쓰러뜨리기 위해 그들이 쓰는 무기는 날이 선 톱이 아니라 사람들의 아우성이다.

　모든 주민들이 쓰러뜨릴 나무 주위에 둘러서서 3일 밤낮을 나무를 향해 고함을 쳐댄다. 그러면 나무 속에 깃들어 있던 혼이 빠져 나가면서 나무가 쓰러진다고 한다. 우리말에도 고함 소리가 사람의 혼을 빼놓는다는 이야기가 있을 정도로 소리가 영혼에 미치는 영향은 크다.

　숲에서는 영혼에 휴식을 가져다 줄 수 있는 아주 섬세한 소리를 들을 수 있다. 풀벌레가 날개 치는 소리, 바람이 풀잎을 스치는 소리, 낙엽이 떨어지는 소리. 아주 섬세한 감각을 가진 사람이라면 꽃이 피어나는 소리까지도 들을 수 있다.

숲에서 나는 소리 듣기

가장 편안한 자세로 앉는다. 귀를 크게 열고 숲에서 들려오는 소리를 듣는다. 풀벌레 소리, 산새 소리, 바람이 우수수 숲 사이로 빠져나가는 소리가 있을 것이다. 온몸의 모든 세포들을 열어 그 소리들을 세포에 기록하듯 녹음한다.

물소리 듣기

시냇가나 계곡에 자리를 잡고 앉는다.

눈을 감고 졸졸졸 시냇물이 흐르는 소리나 우루루루 계곡의 물 흐르는 소리에 조용히 귀기울여 본다.

온몸의 모든 세포가 그 소리에 '샤워'를 한다고 생각한다. 미움이나 시기심, 질투, 원망 등 몸을 병들게 하는 부정적인 생각들이 씻겨져 내려가는 모습을 상상한다.

살아남은 나무를 보면 경건해진다

숲은 보통 어느 정도 절정기에 달하고 나면 단순해지려는 경향을 가진다.
경쟁에서 살아남은 몇몇의 나무들이 큰 덩치를 이루면서 서로를 겹치지 않
게 듬성듬성 서 있다. 푸른 잎은 오로지 외곽의 작은 줄기들에게만 나 있다.

　이파리들은 움직임이 적은 그러나 결코 무겁지 않는 숲의 수관樹冠을 이
룬다. 육중한 줄기에는 푹신한 이끼가 흔히 끼어 있고, 고사리가 피어 있
고, 때로 버섯들이 총총히 피어 있다. 수관과 땅의 빈 공간에는 가볍고 단
순한 몇 개의 키 작은 나무들에서 나온 잎들이 얇은 겹의 가로된 층을 형성

차윤정 　서울대학교 산림자원학과를 졸업하고 같은 대학원에서 산림생태학을 전공했다. 유네스코 장
백산 생태계 조사단 연구원으로 활동했으며 현재 (주)서안 부설 환경설계연구소 연구위원으로
재직하고 있다. 지은 책으로 〈식물은 왜 바흐를 좋아할까〉 〈신갈나무 투쟁기〉 〈숲의 생활사〉
등이 있다.

한다.

　그래서 오래 된 숲은 여유가 있다. 성장기의 숲이 층층이 가려지고 잎과 줄기가 서로 얽힌 것에 비하면 훨씬 헐겁고 단출하다. 길을 찾기도 쉽고 시야도 편하다. 그러나 전체적인 무게는 결코 가볍지 않다. 육중한 줄기는 숲의 무게 중심이다.

　오랜 숲에 들어서면 마음도 헐거워진다. 그런 숲에 들면 가끔 큰 나무가 되어본다. 나무와 같이 발을 땅에 붙이고 편한 자세로 앉아 나무를 응시하면서 꼼짝하지 않는다. 처음 얼마간은 괜찮지만 곧 힘들어 진다. 움직이지 않는 삶이란 얼마나 힘든 것인가.

　눈을 감으면 좀 더 오래 견딜 수 있다. 생각을 나무에 집중하면 더 큰 눈을 가질 수 있다. 온몸이 눈이 되고, 귀가 되고, 코가 된다. 그러다 아주 오래 있으면 아무것도 느낄 수 없다. 내가 사람이었는지, 나무였는지도 알 수 없게 된다. 생각이 없어진다. 무척 편안하다.

　나무의 삶이란 결코 편안하고 평화로운 것이 아니다. 그것은 사람의 바람일 뿐이다. 움직이지 않는 것만으로 숱한 도전과 위협을 받게 된다. 한 나무로 자라기까지 얼마나 많은 작은 나무들이 사라졌는지, 사람들은 보지 못한다. 뜰 앞에 서 있는 벚나무의 씨앗을 생각해보라. 집주위가 온통 벚나무로 뒤덮이지 않는 것을 의아하게 생각해 본 적은 없는가. 하물며 숲이란. 그래서 나는 살아남은 큰 나무를 바라보면 경건해진다. 나무가 겪은 온갖 역사를 생각할 수 있다. 물론 충분히 이해하는 역사도 아니다.

어떻게 견뎌 냈을까. 가지를 찢고 지나가는 여름날의 폭풍과 조직이 얼어터지는 한겨울의 한파를 어떻게 견뎌 냈을까. 노리는 숱한 짐승들과 주변의 경쟁하는 식물들을 어떻게 견뎌 냈을까. 나무에겐 감정이 없다. 그래서 내가 살아가면서 갖게 되는 온갖 두려움이나, 공포, 걱정, 불평 같은 것이 없다. 그 무심함 가운데서 극복하는 힘이 생기는 것일까.

그래서 나무에게는 정형화된 모양이 없다. 뿌리, 줄기, 잎의 배열만이 있다. 나무를 들여다보면 온전한 모양의 나무를 찾기가 어렵다. 위협이나 상처를 비껴 새로운 가지를 만들고 새로운 방향을 잡은 나무는 정형성을 벗어나 상처와 더불어 성장한다. 무정형성이 오히려 나무의 정형성이다. 나무의 이그러짐은 고통의 흔적이자 살아남음의 징표다.

나무의 상처는 때로 관용이 되기도 한다. 상처를 통해 흘러나온 수액으로 곤충들이 모여들고 줄기에 갈라진 틈으로 이끼의 씨앗이 날아들고, 이끼가 물기를 가두면 고사리의 홀씨가 날아든다. 부러진 가지로 나무좀벌의 갱도가 만들어지고 갱도 속의 애벌레는 새를 부른다. 상처가 풍성할수록 숲은 은혜롭다. 나무의 삶은 오로지 나무만을 위한 것이 아니다. 나무의 의도이건 의도가 아니건, 뭇생명과 더불어 주고받는 삶이다.

오랜 숲에 항상 일정한 그루의 나무가 살아남듯이 세상에는 무엇이든 항상 일정한 몫만큼만 주어진다. 내게 주어진 몫이 진짜 나만의 것인지 물어

볼 일이다. 사라진 나무로써 살아남은 나무가 드러난다. 지금의 내가 가진 것이 나만의 것이 아닐지도 모른다.

그렇게 나무와 마주 앉아 나를 다듬고 나면, 내가 직면한 문제들을 당연한 것으로 받아들이고 맞이할 준비가 된다. 가진 것으로 자만하지 않고 내 자신에 대해 겸손해진다. 숲을 나올때면 나는 감히 큰 나무를 쓸어안는다. 그리고 묻는다.

어떻게 견뎌 왔나요?

어떻게 살아야 할까요?

소리

너무 많은 공장들, 너무 많은 음식, 너무 많은 담배 (……) 너무 많은 쇳덩이
너무 많은 비만, 너무 많은 헛소리, 하지만 너무 부족한 침묵
– 앨런 긴즈버그Allen Ginsburg

살아 있는 모든 것은 소리를 낸다. 심지어 지구가 자전할 때도 소리가 난다. 단지 그 음역이 인간의 귀에는 잡히지 않는 엄청난 소리이기 때문에 들리지 않을 뿐이다. 곤충들이나 바다 속의 생물들이 내는 미세한 초음파도 같은 경우다.

소리는 우리의 의식을 각성시키기도 하고 고양시키기도 한다. 소리내어 찬송을 반복하고, 만트라를 암송하는 일은 분명 우리를 명상과 기도에 몰입하게 하는 힘이 있다. 어느 민족을 막론하고 집단적으로 의식을 행하는 자리에는 심장 고동소리와 같은 북소리가 분위기를 고조시켰다.

소리가 우리 몸과 마음에 주는 영향은 이제 현대과학으로 입증되기 시작해서 암환자에 대한 음악 처방, 식물 재배 등에 다양하게 이용되고 있다. 소리의 파장은 모든 살아있는 것들의 세포를 공명시켜 변화를 가져온다고 한다.

소리의 세계를 만나 보자.

소리 듣기

소리를 듣는 것은 새로운 발견이다.

그러나 당신의 감각이, 습관이나 어떤 선입견에 길들여 있다면 그것이 소리의 본질과 만나는 것을 방해한다. 틀에 갇혀 있는 의식에서 한 발 떨어져 나오면 또 다른 소리의 세계를 만날 수 있다. 습관적으로 듣기를 멈추고 텅 빈 마음으로 소리를 들어 보자. 그것은 당신이 아주 단순해지면 된다.

소리를 몸으로 느껴 보라. 지금 주위에서 무슨 소리가 들리는가? 소리가 귀에 잘 들어오지 않아도 초조해하거나 꼭 들어야 한다는 마음을 버리고 그저 귀를 열어놓는다.

일상적인 소리들

많은 소리가 우리를 둘러싸고 있다. 동네 아이들 떠드는 소리, 버스 지나가는 소리, 개가 컹컹 짖는 소리, 아기 우는 소리, TV 소리……. 이런 소리들이 짜증스러울 때도 있다. 그러나 여유있는 마음으로 이 소리에 가만히 귀 기울여 보면 수많은 소리가 한데 어우러져 만들어내는 협주곡을 들을 수 있다. 각각의 소리들은 고유의 음색과 파장을 가지고 다른 소리와 조화를 이루고 있다. 음악을 감상하듯이 이런 소리들을 느껴 본다.

자신의 숨소리

양손으로 두 귀를 막으면 자신의 숨소리가 들린다. 숨소리는 살아 있다는 것에 대한 새삼스런 자각을 하게 만든다.

숨이 들고 나가는 소리를 들어 보면 자신이 어떻게 호흡하는지를 느낄 수 있다.

숨이 가쁜가, 편안한가? 빠른가, 느린가? 숨이 깊이 쉬어지는가, 얕게 헐떡이는 호흡인가? 숨소리를 들어 보며 자신의 상태를 느껴 본다.

다른 사람의 심장 소리

다른 사람의 가슴에 귀를 갖다대 보자. 아주 미세하지만 심장 뛰는 소리가 들린다. 심장 뛰는 소리는 숨소리를 듣는 것만큼이나 새로운 느낌을 준다. 생명에 대한 느낌, 살아있음에 대한 생생한 느낌이다.

소리내기

모든 것은 악기가 될 수 있고 우리는 훌륭한 연주자가 될 수 있다. 그리고 그 행위를 통해 자신의 내면을 바라볼 수 있다.

당신의 주변에 있는 유리컵, 돌멩이, 그릇, 나무 토막들 그리고 당신 자신의 목소리는 더할 나위없이 훌륭한 악기다. 가장 원시적인 악기일수록 더욱 창조적인 연주와 독특한 소리를 낼 수 있다. 전문적이고 격식에 맞춘 연주법 없이도 당신은 훌륭한 연주자가 될 수 있다.

연주법이 없는 악기, 타포

아주 오랜 옛날 인간이 동물 가죽을 옷 삼아 입고 다니던 시절, 한 사람이 열대림 지역을 달려가다가 쓰러진 나무에 부딪쳐 넘어졌다. 그러자 나무가 울려 소리를 냈다. 그 통나무는 흰개미와 다른 벌레들이 속을 파먹어서 껍질만 남아있을 뿐 속이 텅 비어 있었다.

아름다운 소리에 반한 그는 그 소리를 다시 들어 보려고 나뭇가지와 작은 돌로 통나무를 다시 두들겨 보았다. 이렇게 해서 벌레 먹은 통나무가 악기로 사용되기 시작하였다. 이것이 타포의 유래다. 오랜 옛날 아프리카, 오

65

세아니아, 아시아 일부 지역에서 타포tapo는 먼 거리의 의사소통 수단, 의식 등에 사용되었다. 원주민들은 타포를 '신성한 것'이라고 생각했다.

타포는 연주하는 법을 따로 배우지 않아도 되는 악기다. 채를 가지고 두드리고 싶은 대로 두드리면 된다. 안에 텅 빈 구멍이 있어 때리는 곳에 따라 울림이 다양하다. 맑은 소리는 진동을 가지고 내면 깊은 곳을 부드럽게 울려 준다.

연주하기 전에 악기 모양을 찬찬히 살펴 보자. 손으로 쓸어 보며 촉감도 느껴 보고, 한 음씩 두들기며 각각의 음을 조용히 음미해 보자. 그 소리와 익숙해지면 이제 손이 가는 대로 연주를 해보자. 타포 소리는 부드럽고 온화하며 스트레스를 사라지게 하는 데 아주 좋은 효과가 있다.

우주의 소리, 만트라

만트라는 진언眞言 또는 주문呪文이라는 뜻이다. 우주는 극미 세계로부터 극대 세계에 이르기까지 모두 파동으로 되어 있다. 그리고 모든 소리는 각기 고유의 파동 영역을 지니고 있는데 그중에서도 어떤 특수한 소리들은 우리의 의식을 빨리 각성시키는 힘이 있다. 만트라는 바로 그러한 특수한 소리를 가리킨다. 전세계 어디에나 만트라를 이용하는 명상법이 있다.

고래의 주술사들은 대개 만트라를 애용하였다. 직접 입으로 소리를 내는 방법도 있고, 입으로는 소리를 내지 않고 마음 속으로만 반복하는 방법도 있다.

입으로 소리를 내든지 마음 속으로만 반복하든지 간에 그 만트라에 집중하는 것이 가장 중요하다. 일심일념 一心一念으로 만트라에 몰두하다 보면 어느 순간에 의식의 변화를 체험할 수 있다. 특히 많은 사람들이 동시에 소리를 내어 수련하면 더 빨리 효과를 볼 수 있다. 여럿이 같이 할 때 소리의 파동이 증폭된다.

만트라 중에 가장 널리 알려진 것이 바로 '옴' 이다.
'옴' 하고 길고 느리게 소리를 내보자. 소리를 낼 때 몸의 진동을 느껴 보자. 반복하면서 머리에서 발끝까지 번져가는 만트라의 진동에 온몸을 내맡긴다.

잔잔한 연못에 돌을 던졌을 때를 상상한다. 둥그런 파동이 연못 끝까지 번져가듯이 당신의 의식은 확장되어 퍼져 나간다. 온몸에 소리의 파동이 퍼져 나간다. 당신의 몸은 어떤 반응을 하는가? 평화로운가? 어떤 흥분이나 기쁨이 가슴에서 솟아나는가?

존재의 평화를 가져 오는 허밍 humming

입을 살며시 다물고 낮고 깊은 소리로 당신이 원하는 곡조를 소리내 보자. 낮은 소리도 내보고, 음정을 높여 보기도 한다. 평소 당신의 목소리와는 전혀 다른 낯선 음색이 당신의 성대를 타고 흘러 나올 수도 있다.

처음에는 거칠고 탁한 소리가 나올 수도 있다. 시간이 지날수록 고르지 않고 어색하던 곡조가 섬세하고 매끄러운 음악이 되어 나올 것이다. 그 때 당신 안에 일어나는 변화를 가만히 살펴보라. 몸 안에 그 울림이 퍼져나가면서 미세하고 평화로운 진동이 당신을 정화시켜 갈 것이다. 이 세상에 없는, 오직 당신만이 낼 수 있는 그 선율에 빠져 본다.

    몇 달 간 이 명상을 계속한다면 당신은 몸의 균형이 깨졌을 때, 혹은 심리가 불안할 때 당신이 내는 소리가 변화되는 것을 알아챌 수 있을 것이다.

음악 명상

밝고 맑은 음악은 마음 깊이 자리잡은 상처를 치유할 뿐만 아니라 몸의 각 기관을 정화시켜 주는 힘을 가지고 있다. 음악을 통해 우리는 감정의 찌꺼기들을 정화시킬 수 있고 심신의 에너지를 재충전할 수 있다.

큰북 소리는 부드러우면서도 힘 있는 파장으로 장기가 있는 아랫배를 울려 준다. 장구, 알토 플루트, 첼로 소리는 가슴을 열어 준다. 피리, 꽹과리, 오보에 소리는 우리의 머리를 자극한다. 바이올린의 선율을 쫓아가노라면 우리의 영혼이 맑아짐을 느낀다. 음폭이 넓은 피아노와 파이프오르간은 머리와 가슴을 울리고 아랫배 단전에 열기를 느끼게 한다.

울려 퍼지는 음악에 몸과 마음을 맡긴다. 당신의 팔이 저절로 움직인다면 그 흐름을 따라 춤을 추어보자. 그 속에서 자신의 상태를 살피는 것을 결코 놓치지 말라. 단, 자칫 감상적이 되기 쉬운 음악은 피하는 것이 좋다.

음악, 소리의 혼을 읽고 소리랑 잘 노는 것

95년, 나는 〈동양東洋〉이라는 제목의 덴마크 국제 예술 페스티발에 참가한 적이 있다. '동양의 마스터' 라는 프로그램에서, 각 나라의 민속음악과 서양의 여러 악기들과 어우러져 나는 일곱 시간 내내 피아노 즉흥 연주를 했다. 공연이 끝난 뒤 세 명의 음악가가 "당신은 명상을 한 사람 같다"며 나를 찾아왔다. 그 세 친구들은 다들 6개월이 넘게 명상을 한 경험이 있다고 했다. 그러나 그들이 말하는 명상의 세계는 명상의 본질이라기보다는 그럴듯한 명상적인 분위기 즉 '몽상' 에 가까웠다.

서양인들은 판타지fantasy가 강한 반면 우리 민족은 자연의 에너지가 강하

임동창 국악과 양악을 넘나들며 독특한 음악세계를 펼치는 작곡가 겸 피아노 연주자다. 오페라단의 상임반주자, 연극, 음악, 사물놀이, 전래동요, 행위예술 등 다양한 장르를 넘나드는 그는 스스로를 '평범한 쟁이' 라 일컬으며 경기도 안성에서 '쟁이골 사람들' 과 함께 지내고 있다.

다. 우리의 소리는 자연을 닮은 에너지, 바로 원초적 에너지다. 판타지가 아닌 자연에 입각한 생생한 소리를 사랑했던 것이다. 나는 서양 사람들이 판타지에 취해 그것을 명상인 양 여기고 그러한 음악이 대단하게 여겨지고 있다는 사실에 위기감을 느꼈다.

여기에 자극을 받아 만든 음반이 〈메디테이션Meditation〉이다. 음반에 수록된 '얼 다스름' 은 내가 쟁이골 학생들이나 사람들에게 얘기하는 교육법 중의 하나다.

거기서 사용한 악기들은 우리 조상들이 생활 도구로 사용하던 놋쇠 그릇, 세숫대야, 다듬이 이런 것들인데, 그 악기 소리에 맞추어 수를 세어간다. 불교 수행법의 하나인 수식관이다.

누워서 들어도 좋고 앉아서 들어도 좋다. 편안하게 힘을 풀고 듣는다. 수를 세고 싶지 않다면 그저 듣기만 해도 된다. 수를 세어가다 보면 소리가 중간에 딱 끊기기도 한다. 만약 다섯까지 세다가 끊겨도 이 '다섯' 이 의식 속에 살아 있다. 그리고는 다른 매력적인 소리가 끼어들기도 한다. 이 때 이 '다섯' 을 의식 속에 살아있게 하고 분위기는 몸에 적시며 듣는다. 즉 핵심, 자기 안의 중심을 놓치지 않고 듣는 것이다.

소리를 최고로 잘 듣는 방법은 소리가 실제로 내 몸과 마음에 적셔지도록 듣는 것이다. 그 때 소리를 내는 주체의 얼을 느낄 수 있다.

그러나 보통 사람들은 소리를 머리로 듣는다. 자기도 모르게 자신에게 입력되어 있는 관념으로 소리를 받아들이는 것이다. 음악입네 하고 베토벤이며 재즈를 듣지만 어느새 우리의 머리에는 베토벤의 양식, 재즈의 양식이 들어앉아 버린다. 그렇게 익숙해진 분위기에 젖어 소리의 본질을 발견할 수 있는 자신의 안목이 가려지고 만다.

살아 오면서 자신도 모르게 익숙해져 있는 것들, 스스로 만들어 온 선입견들이 모두 우리 살 속 깊숙이 기록되어 있다. 그런 선입견을 모두 버렸을 때 비로소 있는 그대로의 소리를 들을 수 있는 것이다.

모든 선입견을 버리고 소리를 듣는 길은 몸과 마음이 완전히 풀어진 이완 상태가 되는 것이다. 나는 소리를 들을 때 어떤 형식이나 격식에도 구애받지 말라고 한다.

아무 생각 없이 다 놓아버린 상태에서 온몸으로 소리를 받아들여 보라. 몇 분만 그런 상태에 있어 보면 소리를 내는 본체의 혼과 만나게 된다. 이 때 귀는 소리를 듣는 도구일 뿐이고 온몸으로 소리를 흡수하게 된다.

모든 음악가들이 제일 마지막 단계에서 욕심을 부리는 것이 '즉흥 연주'다. 그것은 소리의 혼을 읽어야 가능한 일이다. 질문을 못 알아 들으면 답을 못 하는 이치와 같다. 무대에서의 대화는 악기와 노래를 통해 이루어진다. 소리의 혼을 읽지 못한다면 진정한 교류가 일어나지 않는다.

아름다움에 대한 선입견을 만족시켜 주는 음악만 들으며, 매혹적인 멜로디가 주는 판타지에 빠지는 순간, 그 음악가는 영원한 아마추어가 되고 만다. 관념이 또 관념을 만들어 내어 즐기는 것일 뿐이다. 그것은 마치 절에 갔을 때, 정작 볼 것은 안 보고 고즈넉한 산사의 분위기라든가 풍경소리가 자아내는 그럴듯한 주변 분위기에 빠지는 것과 같다. 분위기에 빠지다 보면 정작 보아야 할 실체를 놓치게 된다.

음악 이전, 소리의 본질과 만나면 그 때 장르와 형식은 나를 구속하는 것이 아니라 신명나는 놀잇감이 된다. 무대 위에서 소리의 혼을 만나 국악, 클래식, 가요, 연극, 음악…… 이 물 저 물 가리지 않고 잘 놀 수 있을 때 나는 행복의 극치를 느낀다.

향

깊은 밤 달이 홀로 높이 뜨고, 차갑고 쌀쌀한 기운이
피부에 스며들며, 맑고 엄숙한 기운이 천지 사이에 가득 찰 때,
마음을 온갖 근심으로부터 해방시켜 주어 저절로
휘파람을 불게 하는 것, 그것이 바로 향이다.
– 도륭 屠隆

옛사람들은 글을 읽거나 거문고를 타거나 또는 차를 마시거나 애기를 나눌 때 항상 방 안에 향을 피워 놓았다. 그리고 향을 맡는다고 하지 않고 '향을 듣는다〔문향聞香〕'고 하여 향을 사르는 행위를 통해 자신을 정화시켰다. 문향은 곧 자신을 듣는다는 뜻이며 내면에서 우러나오는 여유를 즐기는 행위다.

특별한 의미를 부여하지 않아도 생활 속에서 향을 피우면 얻을 수 있는 이점들은 많다. 향은 방향제의 역할을 해주기도 하고 실내 공기를 맑게 해주기도 한다. 알러지 때문에 기침이 심할 경우 천연향을 피워 놓으면 신기하게 기침이 사그러든다.

또한 향은 들뜬 마음을 가라앉히고 지나치게 가라앉은 기분을 적당히 고조시킴으로써 중정中正의 마음자리를 찾아가는 데 좋은 동반자다.

문향 聞香

아침 - 정성으로 하루를 연다

잠이 덜 깨 정신이 맑지 못할 때 향을 살라 보자. 밤 사이에 방안에 쌓인 탁한 공기가 정화되고 청량함 속에서 아침을 맞이할 수 있다. 창문을 열어 환기를 시킨 뒤 향로나 향꽂이를 준비하고 정성스럽게 향을 사른다. 몸을 살라 주위를 맑고 향기롭게 하는 향의 의미를 생각한다.

향꽂이나 향로가 없다면 쌀이나 모래를 그릇에 담아 향을 꽂아도 된다. 향을 피운 재를 모았다가 그 위에 향을 사르면 향이 끝까지 타들어가서 경제적일 뿐 아니라 재 냄새가 안겨주는 강렬한 정서까지 덤으로 얻을 수 있다.

오후 - 분주함 속에서 스스로 정화한다

점심을 먹고 나서 다시 업무에 몰두할 시간인 서너 시경이면 온갖 피로가 몰려온다. 이때 향 한 자루를 사르면 그전까지 해온 업무를 돌아보며 분위기를 바꾸고 다시 재충전하는 시간을 가질 수 있다. 일반적인 회사라면 힘들겠지만 자유로운 직업을 가진 사람이라면 시도해 볼 만하다.

머리가 아프거나 마음이 어수선할 때 좋아하는 향을 피워 보자. 기분이

전환되고 마음이 편안해질 것이다. 향내가 사람을 편안하게 하는 점도 있겠지만 그보다는 향 피우는 행위를 통해 당신은 자신도 모르게 스스로를 정화시키고 있는 것이다.

밤 – 자신을 돌아보는 시간

깊은 밤에 홀로 향을 피워 보자. 어두운 방 안에서 빨갛게 타들어 가는 향은 한 송이 꽃과 같다. 허공으로 사라지는 연기는 매혹적이기까지 하다. 유형의 향자루가 무형의 연기로 흩어지는 모습을 보며 당신에게 주어졌던 오늘이 연기처럼 자취 없이 사라짐을 바라보자. 분주했던 마음이 차분해지면서 숙면을 취할 수 있게 된다.

주머니 속의 향, 향낭, 향 목걸이

향을 몸에 지니고 다니면, 몸에 청량한 기운이 감돌게 해줄 뿐 아니라 은은한 향기를 품게 해주고 마음 속에 삿된 생각들이 일어나는 것을 막아준다.

향을 담을 수 있는 조그만 통을 마련해서 그 통의 길이에 맞게 긴 향이라면 알맞게 자르고 짧은 향이라면 그대로 담아서 통 안에 향을 담고 그 크기에 맞는 조그만 향낭을 만들어 항상 주머니에 넣고 다닌다. 어디를 가든 수시로 꺼내서 향을 피울 수 있다는 장점도 있다.

가루로 된 향을 사서 물에 반죽해 예쁜 모양을 만들고 구멍을 뚫어 줄에 꿰면 향 목걸이가 된다. 이것을 만들어 목에 걸고 다니면 항상 몸에서 은은한 향내가 감돌 것이다.

향 피우고 절하기

향을 피워놓고 연기가 흘러나오는 것을 가만히 지켜보거나 향 내음을 맡는 것 자체도 좋지만 향을 피워놓고 할 수 있는 좋은 수련에 '절 수련' 이 있다. 최상의 경배의 표시인 절은 흔히 어떤 대상에게 발원하는 형식으로 알려져 있지만 진정한 의미에서 절은 자기 자신의 본성에게 해야 한다.

　본성이 밝고 맑게 깨어나기를 바라면서 한 배, 한 배 정성스럽게 절을 올리다 보면 자신과의 깊은 만남이 이루어진다. 온몸을 바쳐서 하는 기도인 절은 특히 자신을 존중하고 사랑하는 마음을 길러 주는 데 도움이 된다.

절하기

절을 할 때 처음 두 손을 모음은 자신의 내면과 만날 준비를 하는 것이다. 원을 그리며 손을 위로 올릴 때는 하늘의 고마움을 함께 받아들인다. 무릎을 꿇어 바닥에 고개를 숙일 때는 대지의 고마움을 함께 받아들인다. 양손 바닥을 뒤집어 귀 뒤로 올리는 것은 당신이 받아들인 하늘의 고마움을 다시 하늘로 돌리는 것이다. 다시 손을 뒤집어 바닥에 대면서 당신이 받아들인 대지의 은혜를 대지로 돌린다.

절을 하면서 당신은 하늘과 땅의 축복을 받아들이고 다시 그 고마움을 세상에 베푸는 마음을 갖게 될 것이다.

1. 양 발을 모으고 서서 양손을 가슴 앞에 합장한다.

2. 숨을 들이쉬면서 합장한 손을 원을 그리며 위로 올린다.

3. 숨을 내쉬면서 무릎을 꿇어 바닥에 댄다.

4. 허리를 구부리면서 몸을 공손하게 바닥에 낮춘 후(이때 손은 약 15도 각도로 안쪽으로 모은다) 이마(인당 부위)를 바닥에 대고 양 손바닥을 하늘로 귀 위쪽까지 올린다.

5. 다시 손을 뒤집어 바닥에 대고 일어서 합장을 하면서 반배를 한다.

향과 함께하는 삶

마흔이 넘은 사람들은 제례 때 재와 불씨를 담은 향로에 향나무 토막을 던져 넣던 기억을 떠올릴 수 있을 것이다. 푸른 연기와 함께 피어오르는 깊이 모를 향에 잠겨 길기만 한 의식을 치러냈던 그 때를 말이다.

　율곡 이이의 〈격몽요결〉에는 설, 동지, 초하루, 보름에 올리는 차례에는 비록 여러 제수祭需를 갖추지는 못해도 반드시 향을 피운다고 되어있다. 정성을 드리는 자리에는 꼭 향이 있었던 것이다.

　뿐만 아니라 우리 조상들은 생활 속에서도 향을 가까이에 두어 숨결을

박희준 ‘향기를 찾는 사람들’ 대표. 우리 전통 차와 향을 연구하며 우리 문화의 뿌리를 찾고 있다. 지리산에서 전통차를 만드는 한편 울릉도 향나무를 후손에게 물려 주자는 운동을 벌이고 있다. 시집으로 〈사람이 하늘처럼 맑아 보일 때가 있다〉, 수필집으로 〈차 한잔〉이 있다.

골랐다. 책을 읽을 때나 차를 마실 때, 거문고를 탈 때 등 맑고 운치 있는 일에는 늘 향이 함께했다. 그뿐인가? 여름철 벌레를 쫓기 위해 피우는 모깃불도 이 향문화의 한 갈래이고, 추석에 먹는 솔잎 향기가 밴 송편과 이른 봄의 쑥과 한증막 속의 쑥향 그리고 단오날 머리를 감는 창포물 또한 우리의 삶을 건강하게 만드는 향기의 하나였다.

장롱 안에 향을 피워 향기를 옷에 배게 하는 훈의薰衣가 있었는가 하면 옷을 손질하는 풀에 향료를 넣어 옷에서 향기가 스며나오게 하는 멋스러움도 있었다. 한 걸음 더 나아가 향기를 잠자리에 끌어들이기도 했는데, 국화로 베개를 만들어 사용하면 머리와 눈을 맑게 하며 사특하고 더러운 기운을 제거한다고 했다. 또 이승을 떠날 때 염斂이라는 형식의 목욕을 하는데, 이때 향나무 삶은 물로 머리를 닦거나 지방에 따라서는 쑥 삶은 물로 몸을 씻긴다.

조선의 실학자인 이규경은 〈오주연문장전산고〉에서 아침이면 옥유향玉乳香을, 달이 뜨는 밤이면 반월향伴月香을, 차를 마실 때는 자루향을 피운다고 하여 선비들의 향생활의 단면을 잘 보여 주고 있다. 뿐만 아니라 산골에 사는 사람들에게 없어서는 안 될 물건으로 향과 향로를 꼽았는데, 늙은 소나무와 잣나무의 뿌리와 가지, 잎, 열매를 찧고, 단풍나무의 굳은 진을 갈아서 향을 만들되 한 알만 태워도 청고함을 돕기에 충분하다고 하였다.

우리 나라의 기록 중에는 신라 눌지왕 때 묵호자가 향을 피워 공주의 병을 고쳤다는 기록이 가장 이른 것이지만, 아직 역사의 뒤편에 가려져 있는 〈한단고기〉에 보면 하늘에 제사를 지낼 때 향을 피웠다는 더 이른 기록도 있다.

거기엔 '색부루 단군 병진 원년(BC 1285)에 날을 택해 7일 동안 몸과 마음을 깨끗이 한 뒤에 향과 축문을 여원홍에게 내리고, 3월 16일의 이른 아침 삼한의 대백두산 천단에서 제사를 행하고, 색부루 단군이 몸소 백악산 아사달에서 제사를 올렸다'고 적혀 있다. 이것은 우리 민족이 천제나 제사를 모실 때 향을 피웠다는 첫번째 기록이다.

이처럼 우리 선조들은 제를 올리거나 책을 읽거나 수행을 하기에 앞서 향을 피웠다. 왜 향을 피웠을까? 좋은 향기는 깊은 호흡을 가능하게 한다. 마치 우리가 깊은 산의 울창한 숲 속에 들어갔을 때 저절로 심호흡을 하는 것처럼. 그 호흡을 통해 우리의 마음이 안정을 찾게 되고 그 안정 속에서 보다 깊은 명상과 사색이 가능해진다.

향은 몸을 깨끗이 하고 주변을 청정하게 한 뒤 피우는 것이 바람직하다. 맑고 바른 몸 속에 맑고 바른 마음이 깃들기 때문이다. 불교에서는 아침 저녁으로 올리는 예불문의 첫 서두에서, 청정한 계율의 향기와 선정에 이르는 마음의 향기를 올린다. 이때의 향은 우리가 육신으로 인식할 수 있는 향기가 아니라 정신의 향기를 말한다.

한 가지 유의할 점은 연기에는 매운 맛이 많기 때문에 향 연기를 직접 들이마시지 않도록 하고, 향을 피울 때면 환기가 잘 되도록 문을 조금 열어 놓아야 한다는 것이다. 우리가 향기를 느낄 수 있는 부분은 연기가 아니라 타고 있는 향의 불씨 바로 아래쪽이다. 향을 감상할 때도 향을 곧바로 코 끝으로 가져가지 않고, 코 끝보다 조금 위쪽에서 향기를 맡도록 한다.

잘 정리된 방 안에서 향 한 자루를 피우고 눈을 감는다. 스스로를 태워 주위를 밝게 하는 향 앞에서 나를 본다. 나의 삶은 과연 어떠한가? 지금 나에게는 어떤 향기가 나고 있을까? 그렇게 생각이 깊어지면 그 향기도, 나도 놓아야 한다. 그리고 마음이 가는 길로 자연스럽게 따라간다.

향과 함께하는 삶은 밝고 청정하다. 그래서 옛 선비들은 화로가 있는 향기로운 방〔일로다실一爐茶室〕에 머물기를 꿈꾸었는지 모른다.

기도

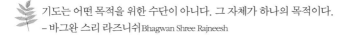
기도는 어떤 목적을 위한 수단이 아니다. 그 자체가 하나의 목적이다.
– 바그완 스리 라즈니쉬 Bhagwan Shree Rajneesh

그리스정교에서는 시詩와 기도를 동일한 것으로 간주한다. 그들은 아름다움, 조화로움, 숭고함, 성스러움을 지향하는 점에서 시와 기도는 동일하다고 보았다. 이 두 가지를 통하여 인간은 영원이나 우주와 화합할 수 있다고 믿은 것이다.

기도는 특정한 신앙의 대상을 가진 사람만이 할 수 있는 것은 아니다. 안톤 체홉은 "비록 신앙을 가지고 있지 않더라도 기도를 드린다는 것은 참으로 마음이 편안한 일이다"고 썼다. 신앙의 대상이 있고 없음을 떠나, 좀더 크고 거룩한 힘을 향해 나아가고 그 힘 안에서 휴식하고자 하는 사람이라면 기도를 통해 바람을 이룰 수 있다.

자기 안의 신성, 성스러운 자아와 연결된 끈을 놓쳤을 때 우리는 유대감을 잃고 낙심하게 된다. 자신 안의 신성을 발견할 때 우리는 완전함을 경험하게 된다. 내면의 신성으로 우리를 인도하는 것이 '기도' 다.

소음 속의 기도

소음은 고요함과 평화로움을 방해하는 요소이기도 하지만 때로는 오히려 마음의 고요함을 가져오게 하거나 기도하는 데 도움이 되기도 한다.

해질녘 성당 종소리, 이른 아침의 새소리가 바로 이런 효과를 주는 것들이다. 그러나 사실 고막이 터질 정도의 큰 소리를 제외하고는 어떤 소음도 당신의 고요함과 평화로움을 방해하지는 않는다. 오히려 이 소음 속에 어떤 깊은 고요가 자리잡고 있음을 발견하게 된다. 다음 방법은 주위의 소음 속에서 고요히 기도에 잠길 수 있게 도와 줄 것이다.

1. 눈을 감는다. 엄지손가락으로 귀를 살짝 막고 나머지 손가락으로 눈을 덮는다.

2. 주위의 소음이 멀어지면 이제 자신의 숨소리를 듣는다.

3. 열 번 심호흡을 한 뒤에, 조용히 두 손을 무릎 위에 놓는다. 눈은 그대로 감은 채 주위의 모든 소음을 귀담아 듣는다. 가능한 한 많은 소리들을 들으려고 노력한다. 큰 소음, 작은 소음, 가까운 데서 나는 소리, 멀리서 나는 소리를 듣는다.

4. 이제 잠시 동안 이 소리들을, 발자국 소리, 시계 소리, 자동차 소리 등을 하나하나 구별하지 말고 듣는다. 마치 이 모든 소리들이 하나의 세계를 이루고 있는 듯이 전체적으로 들어보려고 노력한다.

소음에서 도망치려 할수록 소음은 더욱 방해물이 될 뿐이다. 소음을 받아들이고 있는 그대로 의식하면, 소음이 마음을 흐트러뜨리고 짜증스럽게 만드는 원인이 아니라 오히려 고요함을 지니게 도와 주는 하나의 수단이 될 수 있다는 것을 발견하게 된다.

장소

장소는 기도하는 데 중요한 영향을 준다.

일몰이나 일출이 보이는 장소, 별이 쏟아지는 들판, 달빛이 흐르는 강
가……. 이러한 장소에서 의식은 절로 고양되고 순수한 마음이 되어 기도
에 빠져들게 된다.

　기도하는 데 도움이 되는 장소에 가서 그곳을 바라보자. 충분히 시간을
갖고 바라본다. 그 장소를 마음 속에 간직할 수 있으면, 비록 지리적으로
멀리 떨어져 있어도 온몸으로 생생하게 기억했던 그 곳을 상상 속에서 다
시 찾아갈 수있다. 고요하게 마음을 가라앉힌 뒤, 기도하는 데 도움이 되었
던 그 장소로 상상을 통해 돌아간다.

　그 장소를 생생하게 그려본다.

　모든 색깔을 본다. 나무의 파란 빛, 은은한 달빛, 달빛에 젖은 호수, 호수
에 떨어지는 단풍잎 ……. 모든 소리를 듣는다. 파도 소리, 나무 사이로 부
는 바람 소리, 밤에 우는 벌레 소리, 사람들의 나지막한 발자국 소리…….

　시각, 청각, 촉각 모든 감각을 통해 그 장소의 분위기를 내 마음속으로
끌어온다. 그리고 정화된 의식으로 기도에 들어간다.

빈마음의 기도

간절히 기원하는 무언가를 위해 최선의 노력을 다했다면, 이제는 당신의 마음을 비울 차례다. 우주의 무한한 정보와 연결되어 있는 잠재의식은, 마음이 긴장된 상태에서는 문제 해결을 위한 번득이는 직관이나 영감, 통찰력을 당신에게 가져다 줄 수 없기 때문이다.

문제해결 방법은 당신이 머리를 싸매고 끙끙댈 때보다 잠시 무심한 상태로 쉬고 있을 때 순식간에 찾아든다. 베토벤이 뒷짐 지고 산책하고 있을 때 최상의 음률을 발견한 것처럼 섬광 같은 영감은 마음이 한가로운 가운데 찾아든다.

안달복달하는 마음, 불안한 마음, 지나친 갈구는 잠재의식에서 나오는 해결책과 멀어지게 한다. 잠시 짬을 내어 마음을 비우고 산책을 해보자. 무심한 가운데에서 내면의 신성과 당신 정신과의 감응이 가장 잘 일어난다.

찾고자 하는 대상에 대한 판단, 집착, 걱정, 이런 마음을 잠시 잊는다. 그리고 주변의 나무, 하늘, 풀들을 보며 잠시 다른 세계와 만나 보자. 이것이 빈 마음의 기도다.

기도 성취를 돕는 법

모든 만물의 근원은 마음이다. 간절한 염원을 실은 마음의 파동은 강력한 에너지를 형성해 온 우주로 퍼져나간다. 그리고 자신이 소망한 가장 적합한 대상의 파동과 공명해 강력한 자성을 띤 자석처럼 끌어당긴다.

만물을 축복한다

우리의 소원을 이루게 하는 힘은 대자연의 법칙과 연결된 내면의 신성이다. 조건 없이 만물을 품고 축복해 주는 대자연의 법칙에 따라 기도한다면 기도는 더욱 잘 이루어질 것이다.

자신의 소원 성취와 더불어 세상 모든 존재에 대한 축복을 기원한다. 자신의 행복이 상대적으로 다른 이의 불행을 가져 오는 이기적인 기도라면 대자연의 은총을 기대하기 힘들다. 그것이 그물망처럼 연결되어 있는 이 우주의 법칙이다.

대자연의 흐름에 따라 만물을 축복하고 진심으로 이웃의 행복과 더불어 자신의 소원을 기원한다. 그 때 큰 에너지의 흐름이 당신의 염원을 도와 움직일 것이다.

이미 받았음을 감사한다

자신의 소망이 이루어졌음을 확신하는 것이 소원을 이루는 첩경이다. 당신의 의지로 변화를 줄 수 있는 것은 과거도 미래도 아니다. 오로지 지금 주어진 이 순간만이 당신의 의지를 표현할 수 있는 기회다. 미래에 이루어지기를 염원하는 것보다 지금 이 순간 염원하는 것이 이루어졌음에 감사한다.

건강한 모습을 염원한다면 "나는 건강해질 것이다"나 "나를 건강하게 해주십시오"라는 기도보다 "내가 건강해진 것에 감사드립니다"라는 기도가 훨씬 빠른 기도의 성취를 가져온다. 아무런 잡념 없이 아무런 의심 없이 지금 바로 성취되었음을 믿어야 한다.

선명하게 떠올린다

원하는 바를 마음 속에 선명하게 구체적으로 그릴 수 있어야 한다. 마음을 고요하게 가라앉히고 원하는 바를 그린다. 만일 확고한 것 없이 이것저것 다 바라고 꿈꾼다면, 당신의 마음은 산란해지고 온갖 잡초가 무성한 밭과 다를 바 없이 된다.

자신이 가장 원하는 한 가지를 찾아 오로지 그 대상에 마음을 집중한다. 원하는 바가 이루어진 상황을 영상으로 선명하게 떠올려 보고 그 상황 속에 있는 자신을 생생하게 체험해 보라.

화살 기도

기도의 시간을 따로 내야만 하는 것은 아니다. 기도의 장소에서만 기도를
할 필요도 없다. 길을 가다가, 차를 마시다가, 청소를 하다가 또는 사람들
과 얘기를 하다가라도 좋다. 잠시 틈이 생기는 순간 당신이 원하는 바를 떠
올려라.

마치 과녁을 향해 화살을 날리듯이 순식간에 우주를 향해 당신의 염원을
쏘아올린다. 반드시 원하는 대상에 가닿을 것이라는 확신으로 기도를 보내
고 다시 하던 일 속으로 몰입하라. 계속해서 기도에 대해 생각하는 것은 오
히려 효과를 떨어뜨릴 수도 있다.

일과 일 사이에 작은 틈, 당신의 마음이 흔들릴 겨를도 없을 만치 작은
틈, 어떤 생각도 끼어들 수 없는 그 완벽하고 순수한 순간에 기도를 올린다.
이 기도를 하는 데는 단 몇 초도 소요되지 않는다. 이 기도는 하루에 몇 번
이라도 언제라도 생각나는 대로 한다.

에너지를 부르는 기도

사랑의 에너지 부르기

눈을 감고 깊은 휴식에 들어간다.

잠시 동안 깊게 숨을 쉰다. 호흡을 통해 에너지가 모이는 것을 느낀다. 에너지가 모이는 것이 느껴지면 마음 속으로 자신에게 명확히 말한다.

"이제 나는 사랑의 에너지가 내게 오도록 부르겠다."

사랑의 에너지가 자신에게 다가와, 자신의 몸을 가득 채운 다음 이윽고 자신을 동심원으로 삼아 밖으로 퍼져 나가는 것을 느낀다. 이 느낌에 완전히 몰입하면서 잠시 동안 그대로 그 느낌 속에 머무른다.

기도의 힘을 통해 우리가 원하는 어떤 종류의 에너지도 부를 수 있다. 힘, 지혜, 신성함, 정열, 부드러움, 따뜻함, 맑음, 지성, 창조력, 치료의 힘이 지금 자신에게로 온다는 강력하고도 명확한 의사 표시를 자신에게 하기만 하면 된다.

스승을 부르는 기도

기도의 힘을 사용하는 또 다른 훌륭한 방법이 있다. 원하는 힘을 갖고 있는 특정한 인물의 정신적 근원을 부르는 것이다.

부처, 예수, 마리아 등의 영적 스승들을 부르는 기도를 통해 그 인물이 상징하고 있는 우주의 힘이 우리에게 오도록 요청할 수 있다. 그 사람이 가지고 있는 사랑, 애정, 용서와 치료의 능력이 매우 강력하게 우리에게 찾아온다.

만약 당신이 끌리는 특별한 스승이나 영웅적인 인물이 있다면 기도를 통해서 그의 에너지를 부를 수 있다. 그리고 당신이 필요하다고 느끼는 그의 특별한 힘이 자신 속에서 발현되도록 할 수 있다. 이런 명상은 당신이 더 발전시키고 싶은 기술이나 재능이 있을 때 매우 훌륭하게 작용한다.

만약 당신이 음악이나 미술을 공부하고 있다면 이 분야에서 특히 존경하고 있는 사람을 부른다. 그가 당신을 도와주는 것을 상상한다. 그리고 그의 창조적인 에너지와 천재성이 당신을 통해서 흐르는 것을 느낀다. 그가 가지고 있는 어떤 개인적인 문제나 약점을 생각할 필요는 없다. 당신은 최상의 존재로서 그를 오도록 초대하는 것이다. 수많은 놀라운 결과가 이 명상을 통해서 이루어진다.

거룩한 일과

가정 형편이 어려워 중학교를 중간에 포기하고 공장 생활을 하던 시절, 내게 샘물 같은 위로와 힘을 주던 일은 퇴근길 동네 언덕 중턱에 멈추어 서서 어두운 하늘 위로 돋는 별을 바라보는 것이었다.

생활에서 한치의 여유도 허락되지 않았던 그 시절, 별을 바라보며 잠시 쉬어가던 그 순간은 내 생활의 거룩한 일과며 기도의 시간이었다. 그 별빛은 지친 내 하루의 피로를 씻어 주었고, 내 목마른 마음 깊은 곳에 대고 말을 건내기도 했으며, 내일을 살아갈 새로운 힘을 주었고, 단조로운 일상을

김홍일 신부. 연세대학교 신학과를 졸업하고 성공회대학교 사목신학연수원을 졸업했다. 대한성공회 노원 상계동 나눔의 집 주임사제로 재직했고, 현재는 인도에서 선교를 하며 영성에 대한 공부를 계속하고 있다.

견뎌 낼 삶의 의미들을 꽃피워 주기도 했다.

사제로 살아가는 지금의 내 생활은 그때처럼 한 치의 여백 없이 채워져 있는 것도 아니고 육체적인 피로에 시달리는 것도 아니다. 하지만 나는 지금도 가끔 그 언덕길에서 별을 바라보던 그 '거룩한 일과'가 그립다. 지금도 그 시절 내 '거룩한 일과'가 내게 주었던 은혜를 잊을 수 없다.

마음 깊은 곳에 간직하고 있는 소중한 한 사람 때문에 세상이 달리 보이고 일상이 달라질 수 있듯이, 기도의 순간은 저마다의 가장 깊은 곳에 자리하고 있는 신과 만나는 일이고 그 순간을 통해 우리의 일상과 세월을 그리고 이웃과 세상을 의미있고 거룩하게 수놓을 수 있다는 진실을 나는 믿는다.

한때 종교가 사람들의 전 생활을 지배하던 시대에 생활의 중심에는 늘 기도가 있었다. 들녘에서 일을 하던 부부가 만종晩鐘 소리에 하던 일을 멈추고 기도 드리는 밀레의 그림처럼 기도가 생활의 경계마다 그 중심을 이루고 있던 시대가 있었다. 그러나 이제 '경쟁과 속도'의 시대를 살아가야 하는 사회에서 기도를 생활의 중심으로 세우고 살아간다는 것은 수도자들이나 승려들의 전유물처럼 되었다. 그 밖의 사람들은 자신에게 불가능해 보이는 삶의 여백과 명상을, 그들의 삶과 글을 바라보는 것으로 대리만족하는 상황이 되어버렸다.

과연 기도는 무의미하고 낡은 과거의 유물이고 전통에 불과한 것인가? 분주하지만 풍요로운 현대인들에게 더 이상 '거룩한 일과'는 없어도 좋은 것인가?

기도를 '생각하는 것'이라고 설명한 존 맥퀄리의 이야기는 현대인들이 기도를 쉽게 이해할 수 있는 하나의 길이라고 여겨져 소개하고자 한다.

첫째로 기도란 '감정적 사고'라는 것이다. 세상에는 현상을 분석, 측량, 비교하는 합리적이고 이성적인 사고로는 도달할 수 없는 사고가 있는데, 그것이 바로 감정적인 사고다. 그것은 자신이 세상과 이웃들 사이에 깊이 연루되어 있음을 아는 것이며, 무엇을 배워야 하느냐에 만족하지 않고 무엇이 되어야 할 것인가를 생각하는 사고다.

둘째로 기도란 단순히 감정적인 생각이 아니라 '동정적인 사고'라는 것이다. 기도를 하면서 우리는 자신에게서 벗어나 다른 사람의 입장에 서게 되며, 그의 감정과 갈망을 함께 나누려고 노력한다. 우리는 기도를 통해 기도의 대상, 즉 그것이 이웃이든 진리이든 그 실재와 함께 있게 된다는 것이다.

셋째로 기도란 '책임적 사고'라고 한다. 그 책임성이란 응답성이다. 기도를 하면서 우리는 우리 자신을 초월해 있는 것과 우리에게 명령하는 것에 응답하거나 책임을 지게 된다는 뜻이다.

종종 어떻게 기도해야 하는가 하는 질문을 스스로에게 던지기도 하고, 그런 질문 앞에 서기도 한다. 그러나 누구도 기도하는 법을 가르칠 수는 없다는 것이 많은 영적 지도자들의 대답이다. 저마다에게 맞는 기도의 방법은 꾸준히 스스로 하는 기도를 통해서만 터득할 수 있다는 대답이기도 하다고 생각한다.

다만 중요한 것은 방법의 문제가 아니라 태도가 아닐까. 그런 점에서 좋은 기도의 방법은 말할 수 없지만 좋은 태도가 있다면 그것은 하느님 앞에서 솔직해지는 것이다.

깊은 만남은 먼저 대상에 대한 정직함으로부터 시작되기 때문이다. 부정되고 초월되어야 할 자기, 용서받고 위로받아야 할 자기, 사랑받고 격려받아야 할 있는 그대로의 자기를 하느님 앞에 열고 기다리는 자리. 기도가 시작되는 자리는 그 곳이 아닐까.

산
행

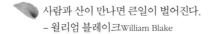 사람과 산이 만나면 큰일이 벌어진다.
– 윌리엄 블레이크William Blake

거울에 비친 얼굴이 부쩍 지쳐 보이거나 주위 사람들에게 이유 없이 신경질이 날 때, 그때가 바로 마음의 휴식이 필요한 순간이다. 산행은 마음을 쉬는 데 더없이 좋은 방법이다. 산은 아무 불평도 없이 우리의 몸과 마음에 끼인 때를 씻어내 준다.

　당신이 정상에 오르는 기쁨만을 위해 산에 오른다면 많은 것을 놓치게 될지도 모른다. 무언가에 쫓기듯 무의식적으로 정상을 향해 달음질치기를 잠시 멈추어 보자. 우리 선조들은 산을 오른다〔등산登山〕고 하지 않고 들어간다〔입산入山〕고 했다. 산은 정복의 대상이 아니라 경배의 대상이었다.

　소슬하게 흐르는 바람, 발걸음을 천천히 옮길 때마다 달라지는 새로운 풍경, 나뭇잎이 바스락거리는 소리……. 온통 소리와 빛으로 가득찬 산은 하나의 거대한 생명이다. 무한한 충만함. 아늑함. 평온함. 어느 새 당신의 온몸으로 이러한 느낌들이 가득 차오를 것이다.

산에 오르기

만트라 mantra, 眞言

어떤 한 단어나 문장을 지속적으로 반복하면서 산에 오른다면 앉아서 명상하는 것 이상으로 깊은 몰입을 경험할 수 있다.

1. 5분~10분 정도 몸을 가볍게 풀어준 뒤 자기에 맞는 속도와 보폭으로 걷는다.
2. 허리를 바로 펴고 시선은 45도 정도 아래를 편안하게 바라본다.
3. 걸으면서 한 단어를 지속적으로 반복한다. 종교가 있거나 특별한 수련을 하는 사람이라면, 그것과 연관된 단어를 반복할 때 더욱 효과가 있을 것이다. 그렇지 않은 사람이라면 인내, 지혜, 용기 같은 평소 좋아하는 단어나 짧은 문장을 반복하면 좋다.

맨발로 산에 오르기

겨울이 아니라면 두툼한 신발을 벗고 양말까지 벗어버리자. 천천히 걷되 30~40미터 전방과 좌우를 미리 살피며 걷는다.

처음에는 발이 따끔거리고 아플 수도 있다. 발바닥이 아프고 자극이 심하다고 느껴지면 신발을 다시 신는다. 몇 분 간격으로 신고 벗기를 반복한다. 기혈이 모여 있는 발바닥이 자극을 받아 온몸의 혈액순환을 돕는다. 대지의 숨결이 발바닥을 통해 저릿저릿 느껴질 것이다. 발걸음을 호흡에 맞추어 힘을 빼고 사뿐사뿐 자연스럽게 발을 뗀다.

잠시 다른 생각을 하는 동안에 크게 다칠 위험이 있으므로 맨발로 산에 오를 때는 온 신경을 집중해야 한다. 집중해서 걷는 동안 당신은 저절로 잡념이 없는 몰입의 상태에 머물게 될 것이다. 산을 내려올 때는 다시 신발을 신는다.

정상에서

산의 에너지 바라보기

어느 정도 높은 곳에 이르렀다면, 앉아서 숨을 고르면서 산의 능선을 따라 시선을 옮겨보자. 이 때 능선 위쪽의 허공을 유심히 관찰한다. 눈의 긴장을 풀고 무심하게, 전체적으로 바라보는 것이 요령이다. 그러다가 보면 희미하게 흰 빛과 푸른빛을 띤 에너지의 띠를 볼 수 있다. 능선 따라 산을 부드럽게 둘러싸고 있는 에너지를 바라보노라면 눈을 통해서도 새롭게 에너지가 충전된다.

산의 에너지 받기

햇빛이 잘 비치는 산마루나 지대가 평평한 곳에서 잠시 멈춰 선다. 태양의 기운을 받아 보자. 양 발을 어깨넓이로 벌리고 양팔을 앞으로 든 상태에서 직각으로 팔꿈치를 꺾는다. 눈을 감은 상태에서 양 손바닥의 가운데에 있는 장심혈에 마음을 집중한다. 힘찬 태양의 에너지와 청정한 산의 에너지가 손을 타고 몸 속으로 흘러들어 온다.

혼자 걷는 산행

요즘에는 산에 가보면 어느 곳이나 사람들로 북적거린다. 주말이면 그곳에 사는 나무들의 숫자보다 사람들이 더 많아 보일 지경이다. 그 등산객들의 산행 행태를 보면 대부분 삼삼오오 떼 지어 오르는 식이다. 나 역시 지난날에는 사람들과 어울려 산행하는 것을 즐겼다. 하지만 하나의 사건을 계기로 나에겐 새로운 산행 취미가 생겼다.

몇 년 전 다친 다리가 재발하여 제대로 걸음을 못 걷게 되었을 때의 일이다. 하릴없이 창밖을 내다보다가 문득 거대한 산이 그리워졌다.

우종영 서울 정릉에서 태어나 자연에서 느낄 수 있는 모든 것들을 느끼며 어린 시절을 보냈다. 나무 돌보는 일을 소명처럼 여기고 살고 있으며, 각종 시민단체에서 나무 선생님 노릇을 하고 있다. 〈나는 나무처럼 살고 싶다〉 〈게으른 산행〉 등의 책을 썼으며 1995년부터 해마다 중앙아시아로 식물탐사를 다니며 식물도감을 준비하고 있다.

'맞아! 이럴 때는 장기 산행을 가는 거야' 이런 생각이 불쑥 들어 목발 대신 스틱 두 개를 구입하고 배낭을 꾸리기 시작했다. 당연히 모두들 걱정스런 눈초리였다. 집에서도 절뚝거리면서 다니는 주제에 산행을 한다고? 그것도 건강한 사람이 부지런히 걸어서 삼박사일 걸린다는 지리산 종주를.

식구들은 며칠 누워있더니 드디어 이상해졌다는 듯이 나를 쳐다보았다. 하지만 어쩌랴? 한번 마음먹으면 되돌리지 못하는 성격인 것을. 식구들의 염려는 아랑곳없이 나는 무조건 산을 향해 첫발을 내디뎠다.

목발 대신 스틱을 짚고 한 발 한 발 내딛는 걸음은 거의 오체투지 수준이었다. 하지만 산행을 할 수 있다는 기쁨이 워낙 컸던 터라 육체의 고통은 쉽게 잊을 수 있었다. 또 그것은 오르는 길 곳곳에서 만난 커다란 사스레나무와 노각나무, 늘 푸른 잎을 단 구상나무, 가문비나무, 잣나무, 주목나무들의 열렬한 환대 덕분이기도 했다.

나무들은 오래 사는 존재다. 언젠가 나무가 무슨 뜻이냐고 묻기에 순간적인 임기응변으로 '나무란 나는 없다〔無〕라는 뜻' 이라고 풀이를 했더니 사람들이 감탄하는 표정을 지은 적이 있다. 그렇다. 존재를 잊어버리는 자만이 영원할 수 있다. 내가 나무가 되고, 나무는 풀이 되고, 풀은 새가 되고 …… 그렇게 돌고 도는 게 자연의 이치가 아니던가.

그렇게 만나는 나무들마다 인사를 하고 이름을 불러주며 오르다보니 어느새 산장에 이르렀다.

그런데 문제가 있었다. 그 당시 내 배낭 속에는 아무런 취사도구도 끼니를 떼울 만한 음식도 없었다. 초콜릿과 사탕 그리고 생식이 전부였다. 나는 산장지기에게 염치도 좋게 이렇게 물었다.

"아저씨 라면이 있으면 버너 좀 빌려주실래요?"

두 개의 부탁을 동시에 한 셈이다.

맘 좋은 산장아저씨 덕에 끓는 라면을 바라보고 있는데 웬 단아하게 생긴 분이 바람같이 들어와 조용히 앉았다. 배낭이 홀쭉한 것으로 보아 먹을 것 준비가 안 된 거 같아 같이 드시자고 권하니 정중하게 거절하신다. 속으로 다행이다 싶었지만, 창백한 얼굴에 힘이 하나도 없어 보여 걱정되는 마음에 어디 편찮으신 데라도 있냐고 물었다. 그렇게 해서 그분의 산행 이력을 듣게 되었다.

그는 삼사년에 한번씩은 꼭 단식을 하는데, 단식을 시작한지 십여 일후 지리산 종주를 한다는 것이었다. 산행 역시 단식을 하면서 하고 산행을 끝낸 후에도 마무리 단식을 한다고 했다.

그 시간 이후로 그와의 묘한 산행이 시작되었다. 그가 어디서 잤는지 어디서 물을 떠먹었는지 알 수는 없지만 길 곳곳에서 우리는 서로를 다시 만나게 되었다. 나는 달팽이 걸음으로 가고 그는 나보다 빠르긴 하지만 곳곳에서 오래도록 앉아 있는 것을 볼 수 있었다.

먼 발치서 바라본 그의 모습은 모든 것을 비운 나무 같았다. 그가 만약 누군가와 같이 왔다면 자연과 하나가 되어 교감하는 어떤 내밀함을 포기하는 것이 되었을 것이다.

집안에서 가만히 앉아 단식을 하기도 어려운데 물만 마시며 지리산 종주 산행을 하다니, 어떻게 그런 일이 가능할 수 있었을까. 어쩌면 모든 것을 비우고 홀로 산행을 하면서 우주의 무한한 에너지를 받아들였기 때문일지도 모른다.

나역시 그와 헤어진 후 육체로부터 벗어난 영혼의 자유로움을 맛보았다. 밤낮으로 걸으며 바라보았던 지리산의 장릉과 그곳에서 온갖 풍상을 겪으며 살고 있는 나무들의 모습은 지금도 잊혀지지 않는 추억이다. 사람이고 나무고 할 것 없이, 우리는 모두 제 나름의 길을 걷는 수행자라는 깨달음. 이것이 내가 '혼자 걷는 산행'에서 얻은 교훈이다.

말

말은 존재의 집이다.
– 루드비히 비트겐슈타인 Ludwig Josef Johann Wittgenstein

당신이 습관적으로 사용하는 말은 어떤 종류의 말인가? "난 역시 안 돼!" "네가 그러면 그렇지!" "에잇, 짜증 나!" 일상적으로 이런 부정적인 말을 생각 없이 내뱉고 있지는 않은가?

말에는 에너지가 담겨 있다. 반복적인 말을 통해 형성된 에너지는 사라지지 않고 하나의 염체念體를 만든다. 그리고 자신의 삶과 생각에 막대한 영향을 미친다. 말이 씨가 된다는 속담은 바로 이러한 진리를 담고 있다.

자신이 뿌려 놓은 말의 씨앗이 자석처럼 주위에 있는 행복이나 불행을 끌어들인다. 이런 방식으로 자기도 모르는 사이에 스스로 자신의 미래를 창조하며 살아간다. 창조적인 말하기를 적극적으로 생활화한다면 운명을 탓하며 살기보다는 스스로 행복을 창조해내며 살 수 있다.

결심언 決心言

결심언이란 자기가 어떻게 되고 싶은가를 다짐하는 말이다. 시간이 날 때마다 이 말을 반복하면 그것은 현실로 이루어지는 효력을 발휘한다.

먼저 자기가 원하는 모습이 무엇인가를 생각한다. 그것을 종이에 적는다. 정말로 그렇게 되었으면 하는 몇 가지를 정해서 그 말들이 자신의 의식 깊숙이, 세포까지 입력이 되도록 한다. 세포까지 입력된 말들은 행동을 바꾸고, 행동이 바뀌면 살아가는 방식이 바뀌고, 그것은 결국은 운명까지도 바꿔놓는 힘을 발휘하게 된다.

결심언을 정할 때 주의할 점은 단순한 문장과 긍정형의 문장을 사용해야 한다는 것이다. 예를 들어 '나는 자신감이 있는 사람이다' 처럼 단순한 문장을 사용하고, '나는 늦잠을 자지 않는다' 보다는 '나는 일찍 일어난다' 라는 긍정형의 문장을 사용하는 것이 좋다.

"빨간색을 생각하지 마시오"라고 말하면 오히려 빨간색을 생각하지 않을 수 없게 되는 것과 같은 이치다. 그러니 원하는 단어만을 자신에게 입력하라.

일상 생활 중에 결심언 말하기

잠자리에 누워 몸이 편안히 이완된 상태에서 결심언을 반복해서 말한다. 몸이 이완된 상태에서는 긴장된 상태에서보다 더 큰 효과가 있다. 이루어진 모습을 영상으로 그려보면서 말을 반복하라. 운전을 할 때, 집안일을 할 때 혹은 길거리를 걸어가면서, 마음 속으로 또는 크게 소리를 내어서 반복한다.

거울을 바라보며 말하기

자신의 눈을 똑바로 바라보면서 큰 소리로 결심언을 말한다. 자신에 대한 자부심과 사랑을 키우려는 결심언을 선택했을 때 이 방법이 특히 좋다.

처음에는 쑥스럽게 느껴질 수 있지만 그것에 개의치 말고 장애가 되는 그런 생각들이 사라질 때까지 계속해서 말한다. 자신감과 자신을 사랑하는 마음이 내면에서 솟아난다.

녹음해서 듣기

결심언을 녹음기에 녹음한다. 시간이 날 때마다 그것을 들어본다. 집안일을 하거나 차를 운전하면서 녹음한 테이프를 틀어놓고 반복해서 듣는다. 녹음할 때는 자신의 이름을 일인칭, 이인칭 또는 삼인칭으로 다양하게 표현하면서 이야기한다.

"나, ○○○에게는 무한한 가능성이 있다. ○○○은 스스로의 능력을 믿는다."

"○○○, 너는 이 세상에 오로지 단 하나밖에 없는 소중한 존재야. 어떤 상황 속에서도 ○○○는 나 자신을 사랑해."

"○○○은 그 일을 반드시 잘 해낼 수 있어."

이때 자기 자신의 목소리로 녹음을 할 수도 있고, 믿을 만한 친구나 존경하는 사람의 도움을 받는 것도 좋은 방법이다. 우리는 자신에게 칭찬이나 격려의 말을 들려 주는 다른 사람의 말에 더 큰 힘을 얻기도 한다.

결심언을 기록하기

결심언을 열 번이나 스무 번쯤 노트에 적는다. 그냥 무심코 적는 것이 아니라 진실한 마음으로 깊이 몰두하면서 적어본다. 이제 결심언을 글로 써서 집 안이나 직장에서 눈에 잘 띄는 곳에 붙여 놓는다. 냉장고, 문, 전화기, 거울, 책상, 침대 머리맡이나 식탁 등 어느 곳이나 좋다.

파트너를 정해 결심언 말하기

▶ 교대로 결심언 들려주기

두 사람이 서로 파트너가 되어서 서로에게 교대로 결심언을 들려준다. 마주보고 앉아 서로의 눈을 들여다 보면서 교대로 결심언을 들려 준다. 한 명이 자신에 대한 결심언을 말하면 상대방은 그것에 대해 긍정하는 말을 들려 준다.

A : ○○씨, 당신은 반드시 재기할 수 있는 가능성이 있습니다.

B : 그래요, 나는 꼭 다시 해낼 거예요.

A : 나, ○○는 늘 활력있고 에너지가 넘쳐.
B : 그래, 너를 만나는 사람들은 모두 밝아지고 즐거워져!

처음에는 장난처럼 느껴질 수 있지만 그런 마음을 접어 버리고 진실한 의미가 가슴에 깊이 와닿을 때까지 계속해서 반복한다. 이것은 서로 상대방을 도와 주고 상대를 성장시킬 수 있는 훌륭한 기회다. 또한 상대방에 대한 부정적인 생각을 긍정적으로 바꾸는 데도 큰 도움을 준다. 함께 이 명상을 하고 나면 서로에 대한 깊은 신뢰감과 사랑의 에너지장이 형성된 것을 느끼게 될 것이다.

▶ 결심언을 들려주는 사람 정하기
주위 사람들에게 기회가 있을 때마다 자연스럽게 당신이 정한 결심언을 들려 주도록 부탁한다.

"○○○, 너에게는 남다른 통찰력과 창조성이 있어."
"○○○, 당신은 참 사랑이 많은 사람입니다."

좋은 말이든 나쁜 말이든 우리는 친구들이 하는 말에 큰 영향을 받는다. 우리의 마음 속에는 자신에 대한 다른 사람들의 평가를 의식하는 경향이 있

기 때문이다. 그러므로 친구로부터 강력하고 긍정적인 메시지를 듣는 것은
큰 도움이 된다.

칭찬하기

이렇게 말해 주어라. 당신의 아이들에게, 당신이 사랑하는 사람에게 그리고 인생의 상처를 받고 실의에 빠져 있는 사람에게 그만이 지니고 있는 특별함을 가르쳐 주어라.

"네가 어떤 존재인지 아니? 넌 아주 특별해. 너와 같은 존재는 이 세상에 단 한 명도 없지. 비교할 수 없이 유일한 존재란다."

"너는 운동을 아주 잘 할 수도 있고, 위대한 작가가 될 수도 있어. 무엇이든 할 수 있는 능력을 가지고 있어."

한 친구가 좀더 너그럽고 포용력 있는 사람으로 변화하기를 바란다면 그 친구를 만날 때마다 이렇게 말한다.

"○○야, 너는 마음이 참 따뜻한 사람이야."

"○○가 웃는 모습은 사람을 아주 편하게 해."

당신이 진실한 마음으로 그 말을 반복한다면 그것이 그 사람의 마음을 열어주어 자연스럽게 그 말을 받아들이게 될 것이고 실제로 그런 사람으로 변화할 것이다.

나를 변화시키는 말

생명력이 소모되어 지치고 피곤할 때는 아무에게도 방해받지 않고 고요히 평정을 이룰 수 있는 시간을 갖는 것이 좋다. 30분에서 한 시간 정도면 충분하다.

아래에 자신에게 필요한 에너지를 공급해 주고 생명력을 회복시켜 줄 낱말들이 있다. 지금의 자신에게 필요하다고 생각하는 낱말을 아래의 목록에서 고른다(자신이 원하는 단어를 추가해도 좋다).

밝음 평화 자유 정의 영감 정직 친절 지혜 사랑 이해 겸손 활력 공감 직관 풍요 젊음 신뢰 지성 행복 믿음 성공 강인함 진실 관용 성취 결단력 에너지 건강 용기 창조력 통찰력 진리 넉넉함 온화함 깨어 있음 희망 기회 열정 만남 화합 인내 생명

그 낱말들을 넣어서 '나는 ~이다' 혹은 '나는 ~하다' 라고 선언문을 만든다. 또는 필요하다고 생각되는 낱말을 여러 개 선택한 다음, 그것들을 천천히 마음에 되새기며 발음해 보는 방법도 있다.

주의할 점은 마음이 긍정적인 상태라야 하며 되뇌는 단어에 대한 확신이 필요하다는 것이다.

이 명상에 임하려면 최소한 이 단어들을 말하고 있는 순간만이라도, 외부의 일과 사물에 대한 생각을 끊도록 노력해야 한다. 그렇게 되면 자동적으로 마음은 이상적인 상태에 놓이게 된다.

결코 긴장하거나 조바심을 치거나 걱정을 하지 말 것. 이 단어들이 당신의 존재에 스며 들어 가득차게 하라. 비본질적인 것들이 저절로 밀려나가고 결국에는 본질적인 것들만 남게 된다.

말의 힘

우리 어렸을 때는 지금과는 댈 것도 아니게 사는 형편이 어렵고 구질구질
했다. 특히 우리 집처럼 시골에서 무작정 상경한 일가족은 서울 변두리에
서 빈민굴을 형성하고 문자 그대로 아귀다툼을 하며 살았다. 극빈한 생활
속에서도 우리 어머니는 학교에 내는 월사금이나 교과서 값만은 하루도 밀
리는 일 없이 제날짜에 내도록 했고, 자식들 배도 굶리지 않았다. 또 자식
들을 때리거나 욕하는 법이 절대로 없었다.

워낙 인심이 흉흉하고 식량난이 심했던 일제 말기라서 더했겠지만 당시
의 빈촌 사람들은 자식들을 두들겨 패기를 잘했다. 학교 가기 싫어해도 때

박완서   1931년 경기도 개풍에서 출생. 1970년 불혹의 나이로 〈여성동아〉 장편소설 공모에 〈나목〉
이 당선되어 작품 활동을 시작해 〈그 해 겨울은 따뜻했네〉 〈그 많던 싱아는 누가 다 먹었을
까〉 〈그 산이 정말 거기 있었을까〉 등의 작품을 발표하면서 한국의 대표작가로 자리 잡았
다. 이상문학상, 동인문학상, 만해문학상 등을 수상했다.

리고, 월사금 달라고 해도 때리고, 군것질하고 싶어 해도 때리고. 가뜩이나 더럽고 냄새나는 동네가 거친 욕지거리와 아이들의 울음소리로 온종일 시끌시끌 아수라장 같았다.

그런 환경에서 욕 먹지 않고 매 맞지 않고 자란 것을 지금도 어머니께 깊이 감사하고 있다. 내가 특별히 온순하거나 착한 아이여서 매를 안 맞은 건 아니다. 나도 딴 집 아이들과 마찬가지로 그 나이 또래에 부릴 수 있는 말썽은 다 부렸고, 못된 짓도 할 만큼 했다. 군것질도 하고 싶었고 예쁜 옷도 입고 싶었고, 동무들이 따돌리면 우울했고, 공부 못하면 자존심 상했다. 매일매일 속상하고 화가 나서 위로 받고 싶은 것 천지였다. 그럴 때마다 어머니가 만병통치약처럼 나한테 들이대는 게 옛날얘기였다.

"아이고, 착한 내 새끼가 왜 이렇게 잔뜩 부어 있을꼬. 뭘 해주면 좋을까? 옛날얘기나 해주련?"

어머니는 우는 아이 입을 틀어막을 단 한 알의 알사탕도 없었으므로 그 대신 이야기를 미끼로 삼으려 하셨다. 어머니는 옛날이야기를 많이 알고 있었고, 거기다가 어머니 나름의 입김을 불어 넣어 독특한 재미를 만들어 냈다. 그 궁핍했던 시절, 어머니의 이야기는 나에게 크나큰 위로가 됐을 뿐 아니라 힘이 되고 희망이 되었다. 지금도 어린 날의 그 빈민굴 단칸 셋방을 생각하면 불행했었다는 생각이 조금도 안 든다. 유복하고 훈훈하고 빛이 충만했던 시기였던 것처럼 회상돼, 어려서 가난했었다는 데 대해 별로 열등감을 느껴 본 적이 없다.

중학교에 들어갈 때까지 동화책 한 권 변변한 걸 읽은 적이 없는데도 커서 가장 되고 싶은 게 작가였고, 실제로 훗날 소설을 쓰게 된 것도 그때 어머니로부터 받은 영향 때문일 것이다.

어머니가 그 때 나에게 준 것은 단순한 위안이 아니라 내 안에 잠재한 문학성과 종교적 심성의 개발이 아니었을까? 어머니는 그때 아무런 종교도 갖고 있지 않았지만 권선징악적인 단순한 옛날이야기에다 어머니 나름으로 불어넣은 생명력은, 사람에 대한 이해와 사랑 그리고 사람이 하는 일 속에 숨어 있는, 사람이 사는 목적과 하늘의 뜻이 아니었을까?

소설가가 된 후에 입교를 하게 되었기 때문인지, 종교에 너무 깊이 빠지면 소설을 못 쓴다고 걱정해 주는 이가 더러 있었다. 그러나 나는 생명력 있는 말엔 힘이 있다는 걸 믿고 있다는 점에서 문학과 종교는 상반되는 것이 아니라 가장 잘 통하는 사이라는 것을 막연하게나마 느껴왔기 때문에 그런 걱정은 안했다. 어머니의 이야기가 나에게 위안과 꿈과 힘이 되었던 것처럼, 내가 만든 이야기도 독자들과 만나 그렇게 될 수 있지 않을까.

진실한 이야기엔 사람의 마음도 낚을 수 있는 힘이 있다고 믿고 있다.

차
茶

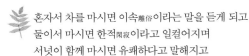
혼자서 차를 마시면 이속離俗이라는 말을 듣게 되고
둘이서 마시면 한적閑寂이라고 일컬어지며
서넛이 함께 마시면 유쾌하다고 말해지고
대여섯 명이 마시면 저속이라고 불리운다.
– 린위탕林語堂

차를 마시는 시간은 바쁜 일과 속에서 잠시 자신을 돌아보며 에너지를 재충전할 수 있는 시간이다. 한 잔 차를 마시는 5분 동안 우리는 값진 휴식과 에너지를 얻을 수 있다.

특히, 녹차는 피를 맑게 하고 상기된 기운을 아래로 내려주어 스트레스를 많이 받는 현대인들에게 좋은 효능을 가진 차다. 녹차를 마시는 방법은 다례 등을 통해 많이 알려져 있다.

다례라는 정해진 법도 외에도 차와 함께 즐길 수 있는 것으로 명상과 호흡 수련이 있다. 중국 선禪의 초조初祖 달마는 졸음이 쏟아지자 정진하기 위해 눈꺼풀을 베어 버렸는데 거기에서 차나무가 생겼다는 이야기가 전해질 정도로, 녹차는 정념情念을 극복하고 평온함을 찾는 데 도움이 된다.

또 한 잔의 녹차를 마시는 일은 자연 만물을 벗 삼는 풍류의 한 가지이기도 하다. 옛사람들은 차를 달이기 위해 물을 끓일 때, 그 물 끓는 소리에서 소나무를 스쳐가는 바람 소리를 들었다고 한다.

차마시기

1. 몸을 앞뒤, 좌우로 움직여 상체를 반듯하게 세우고 앉는다. 이 때 의식과 기운은 아랫배에 모은다. 천천히 호흡을 하며 기운을 가라앉힌다.

2. 물이 다 끓으면 그 물로 다기를 헹군다. 이때 어지러운 마음도 함께 정갈해짐을 느낀다.

3. 차를 넣고 차가 우러나올 만큼 알맞게 식힌 뜨거운 물을 붓는다. 물을 붓자 퍼지는 찻잎의 향기를 음미한다. 뚜껑을 덮고 편안한 마음으로 찻물이 우러나오기를 기다린다.

4. 우러난 찻물을 잔에 따른다. 녹차의 고운 빛깔을 감상한다.

5. 잔을 들어 녹차를 천천히 마신다. 따스한 차가 입안으로 퍼지는 맑은 첫맛과 고소한 뒷맛을 음미한다. 아랫배 단전까지 내려가는 것을 느낀다.

6. 차를 한두 번 더 우려 천천히 마신다.

7. 눈을 감고 명상한다. 온몸으로 퍼지는 녹차의 빛깔과 향기, 그 청량한 에너지를 충분히 느낀다.

8. 눈을 뜨고 다시 차를 가볍게 우려 마시고 정리를 한다. 차 명상을 한 뒤에는 긴장이 해소되며 마음이 전보다 가볍고 너그러워진다.

차 즐기기

손바닥의 따뜻한 감촉에 집중한다. 찻잔을 들고 있는 손을 통해 따뜻함이 온몸으로 느껴진다. 입 안에 차를 한 모금 넣고 따뜻함을 감미한다. 세 번 정도 입 안에 굴려서 삼키면서 따뜻함이 내려오는 것을 몸으로 느껴본다. 녹차의 따뜻함과 평화로움이 온몸으로 스민다.

이제 몸 속에 있는 평화와 사랑의 에너지가 당신 몸의 혈관을 타고 돌고 있다. 온몸에 기운이 돌고 있는 것을 느껴 보자. 당신의 몸에서 차의 향기가 스며나온다. 차는 당신의 몸을 여행하고 있다. 물 속에 있는 평화와 사랑의 에너지가 당신 몸의 혈관을 타고 돌고 있다.

볼에서, 코로, 눈으로, 차의 향기가 느껴진다. 당신의 목을 타고 온몸으로, 차의 평화, 차의 맑음, 차의 향기가 흐른다. 녹차의 푸른 빛으로 영혼을 맑게 씻어낸 듯하다.

차를 사랑하는 생활

지난 해 말 한역 풀이에 일가를 이루고 있는 소설가 노중평 씨와 인연이 닿아 차를 역易으로 풀어봐 달라고 부탁했다. 그이는 차는 역에서 풍화가인風火佳人의 괘상이라고 했다. 즉, 정가이천하정正家而天下定이라 하여 '가정이 바로 서야 천하가 정해진다'는 의미가 역에서 본 차의 괘상이라는 것이다.

차 문화가 가정 생활의 바탕이 된다는 의미심장한 풀이였다. 차 생활을 즐기는 우리 가정에 비추어 볼 때 나는 의미심장한 풀이에 고개를 끄덕이게 되곤 한다.

이연자 차 연구가. 온 가족이 함께 차생활을 즐기고 있으며 (사)차생활문화원 교육부장으로 있다. 서울 옹기 박물관에서 전통 차례 교육을 담당하는 한편 신문, 잡지 등에 차에 관한 글을 쓰고 있다.

결혼과 더불어 남편의 숙취를 풀어 주는 명약으로 등장한 우리집의 차는 세월과 함께 형이하학적 의미에서 형이상학적 의미로 발전을 거듭했다.

처음 우리집의 차는 가족들의 상비약이었다. 날씬해지고 싶은 두 딸들의 미용 음료로, 여드름 때문에 고민이 많은 사춘기 아들에게는 찻물로 세수를 시켜 여드름을 없애 주었다. 몸이 아플 때는 약이요, 외로울 때는 벗이었다.

남편과의 냉전 때 한 잔의 차는 화해의 감로수가 된다. 아이들의 행동이 올바르지 못할 때도 찻자리를 만든다. 찻자리에서는 시키지 않아도 아이들은 반듯하게 허리를 바로 펴고 두 손을 공손하게 모으고 표정도 단아하고 정숙해진다. 육체의 중심인 허리가 바르면 기본적인 건강은 염려하지 않아도 된다. 공손한 자세로 두 손을 모아 잡는 것은 공동체 생활에 질서를 부여하며, 도덕적 윤리의 기틀이 되는 규범 역할을 하는 것이다. 단아한 표정은 상대를 즐겁게 하는 것. 찻자리는 군더더기 말이 필요 없이 저절로 기본 틀을 잡아주는 것이다.

살아가면서 일생 동안 필수적으로 치루어야 하는 통과의례도 차가 있어 간편하면서도 품위 있게 치를 수 있었다. 아이가 태어나면 정갈한 차 한 잔으로 삼신께 무병을 빌었다. 아이의 이름을 지어서 조상님께 고하는 의식에서도 푸르른 차가 의례물이 되었다.

백일 때는 백 명의 사람과 차를 나누면서 아이의 무병장수를 염원했다. 해마다 돌아오는 생일 때면 그 해의 햇차와 차떡으로 잔치를 베풀어 아이를 즐겁게 해 준다. 그뿐인가. 그 아이가 학교에 입학하게 되면 학신(學神)에게 차 한 잔을 올려 학업에 열중할 수 있도록 빌기도 한다.

20세 성인식 때도 차 한 잔과 더불어 어른의 책무를 깨닫게 하는 의식을 치를 수 있었다. 혼인식 때는 곧디 곧은 차나무 뿌리처럼, 사철 푸른 찻잎처럼 두 사람이 올바른 가정을 꾸려가기를 비는 마음에서 차를 백년가약의 의례물로 쓰게 했다.

어른들의 수연에, 특히 시어머님의 육순과 칠순 때는 차의 역할이 절묘했다. 술을 드시지 못하는 터라 자식들이 올리는 헌주(獻奏)를 헌차(獻茶)로 대신했기 때문이다.

상례(喪禮) 때는 아침 저녁 올리는 상식에 차를 썼으며, 문상객이 올리는 마지막 잔도 차로 대신했다. 빈객에게도 차로 대접했다. 관 속의 빈 공간을 찻주머니로 채워 은은한 차 향기로 먼길을 전송해 드렸다.

설과 추석의 차례 때는 차례라는 용어에 걸맞게 차를 제례물로 올렸으며 기일제에는, 강신(降神) 때 인신상접(人神相接)의 매개물로 차를 썼다.

지금은 정년 퇴직한 남편과 함께 제3의 인생을 차공부로 사이좋게 지낸다는 것도 마지막 자랑이 될 것이다.

침묵

침묵은 끊임없는 언어다.
그것은 외면적인 언어에 의해 차단당하는 가장 높은 차원의, 가장 효과적인 언어다.
– 스리 라마나 마하리쉬Sri Ramana Maharishi

아메리카 인디언의 한 부족인 라코타족은 침묵의 진정한 힘을 알고 있었다. 그들은 처음 보는 사람과 대화를 시작하기 전에 잠시 침묵의 시간을 갖는 것을 진정한 예의로 알았다. 또 슬픈 일이 닥쳤거나, 누가 병에 걸렸거나, 누가 죽었을 때 먼저 침묵하는 것을 잃지 않았다. 그들에게는 말보다 더 힘있고 값진 것이 침묵이었다.

침묵하는 것은 단순히 말을 하지 않는 것이 아니다. 생각을 중지하는 것이다. 판단을 중지하는 것이다. 이것을 하면 해가 될까 득이 될까, 저 사람은 좋은 사람인가 나쁜 사람인가. 우리의 뇌는 쉴새없이 정보를 수집하고 판단하고 행동을 지시하느라 혹사당한다.

침묵의 세계로 여행을 떠나보자. 판단하는 것을 멈춰 보자. 아무것도 판단하지 않는 순간을 가지는 것은 새로운 삶의 경험이다. 혹사당하는 뇌와 마음에 선사하는, 진정한 의미의 휴가가 될 것이다.

감각에 집중하기

침묵의 또 다른 이름은 '집중'이다. 육체의 감각에 집중하면 머리와 마음은 침묵한다. 몸의 한 부분 한 부분에서 예민한 감각을 느껴보자. 머리 끝 정수리부터 발가락까지 피부 표면의 모든 감각에 집중해 보자.

머리, 이마, 눈썹, 눈꺼풀, 뺨, 코, 입술, 턱, 귀, 목······. 몸의 각 부분에 몇 초씩만 머무른다. 아무런 감각도 느낄 수 없는 부위가 있다면 거기서 좀 더 오래 머물러도 좋다. 하지만 30초 이상을 머물러서는 안 된다.

그러다보면 어느 순간, 피부 표면의 모든 숨구멍에서 생생한 감각이 느껴지기 시작한다. 그때는 의식을 더 예민하게 벼릴 때다.

더 '섬세한' 감각을 알아낸다. 피부 밑에서 일어나는 혈관을 타고 흐르는 혈액의 흐름과 맥박의 움직임을 느낀다. 뜨거움과 차가움을 교대로 의식적으로 느낀다.

느낌이 섬세해지면 다시 머리에서 발끝까지, 모든 신체적 감각들을 계속 의식하면서 몸 전체를 바라본다. 몸에 깃들어 있는 수많은 감각들이 살아나는 것을 느낀다.

받아들이기

침묵은 말없이 바라보는 것이며, 있는 그대로를 받아들이는 행위다.

눈 앞을 스쳐 지나가는 것들을 판단하지 않고 그대로 받아들일 때 생각에 갇혀 있던 영혼은 내 마음의 틀을 뚫고 나와 대상을 향해 열린다. 아무 생각도 하지 않고 바라볼 수 있을 때, 우리의 내면에서는 머리가 아닌 마음에서 들려오는 어떤 목소리가 흘러나오기 시작한다. 그 목소리에 귀를 기울이자.

강둑에 앉아 강물이 흐르는 것을 지켜본다. 기차역에 앉아 시야에 나타났다가 사라져서 다시는 보이지 않는 군중을 무심히 바라본다. 나무에서 잎이 떨어지는 것을 지켜본다. 촛불을 켜고 불꽃을 바라본다. 창가에 서서 비가 오는 것을 바라본다. 생각하지 말고 그냥 보고 느껴라.

그렇게 당신 자신을 풀어 주라. 그리고 모든 상념이 떠내려가게 하라. 이제 당신에게 남아 있는 것은 무엇인가?

미소 짓기

먼저 눈을 감고 아래턱의 긴장을 푼다. 입을 벌일 듯 말 듯 한다. 숨은 몸이 원하는 대로 내버려둔다. 점차 입이 열리면서 턱의 긴장이 풀어지게 될 것이다. 아주 편안해진다.

그 순간 미소를 '느끼기' 시작한다. 이것은 입술에서 시작되는 미소가 아니다. 내부에서 솟아나는 '존재의 미소'다. 아랫배에서부터 미소를 지어 몸 전체로 퍼지게 한다. 당신의 내부에서 부드럽고 섬세한 미소가 피어난다. 존재가 존재하고 있음을 기꺼워 하는 마음, 그것이 존재의 미소 즉 '근원적인 미소'다.

정보 단식

우리 주위에는 늘 새로운 정보가 범람한다. 뒤처질 지도 모른다는 불안감에 사람들은 정보의 바다 속을 헤매고 다닌다. 하지만 정작 중요한 정보가 무엇인지 판단력까지 상실할 지경이라면? 당신에게 '정보 단식'이 필요하다는 신호다. 한 달에 한 번, 그것이 어려우면 한 계절에 한 번이라도 날을 정해 정보의 공급을 끊어본다. 하루쯤 빈둥거리기를 결코 두려워하지 말라.

텔레비전을 끈다

텔레비전 시청을 줄인다. 더 좋은 것은 아예 텔레비전을 보지 않는 날을 정하는 것이다. 갑자기 엄청난 시간의 부자가 되는 것을 실감할 수 있다. 그 시간을 다른 무엇으로 채우려고 고심하지 말라. 그냥 자신을 방임하라. 그저 가만히 빈둥거려도 좋고, 밤하늘의 별을 바라봐도 좋다.

신문과 책을 덮는다

책은 또 다른 형태의 목소리다. 책을 읽는 것은 소리가 나지는 않지만 진정한 침묵에 이르는 데는 방해가 된다. 진정한 침묵에 이르려면 신문이나 책을 읽는 것도 그쳐야 한다. 이것은 매번 하기가 어려울 것이다. 휴가를 가거나 여행을 떠날 경우 한시적으로 실천해 보자.

음악을 듣지 않는다

음악은 좋은 벗이기도 하지만 책과 마찬가지로 진정한 침묵에 이르는 데 방해가 된다. 음악에는 다양한 감정과 정서가 녹아들어 있다. 음악을 듣는 것은 또 다른 형태의 대화다. 진정한 침묵 속에 있기 위해서 음악과의 만남도 접어둔다.

침묵한다

미리 주위 사람들에게 자신이 말을 하지 않는 시간을 가지고 있음을 공표하는 것이 좋다. 그리고 침묵 수련에 들어간다. 일요일 같은 때 가족들과 함께 해보면 좋을 것이다. 그동안 우리가 얼마나 습관적으로 필요 없는 말을 쏟아내며 살았는지 느끼게 될 것이다.

침묵의 소리

침묵을 노래한 시詩야 헤아릴 수 없이 많겠지만, 나는 그 가운데 일본 하이쿠의 완성자로 알려진 바쇼松尾芭蕉의 시를 좋아한다.

해묵은 연못이여
개구리 뛰어드는
물소리

이현주 목사이자 동화작가이며 번역가이기도 하다. 대학과 교회 등지에서 강연을 하고 있으며 동 · 서양의 정신을 아우르는 글을 쓰고 있다. 지은 책으로는 〈사랑의 길, 예수의 길〉 〈물이 없으니 달도 없구나〉 〈길에서 주운 생각들〉 등이 있다.

자, 눈을 감고 정경을 그려보자. 아주 오래된 연못이 있다. 사람들 발길 끊긴 지 오랜 고궁 안뜰 한 구석, 이끼 덮인 바위로 둘러싸인 연못이다. 늦은 봄 어느 날, 그 물에 개구리 한 마리 뛰어들어 정적을 깬다. 툼벙! 그러고는 다시 사방이 고요하다.

고요함에서 나와 다시 고요함으로 스며드는 경쾌한 소리 하나! 그 소리 하나가 무겁고 깊은 정적을 드러내어 세상에 알리고는 자취도 없이 사라진다.

침묵을 노래한다면서 오히려 침묵을 어지럽히고 세상을 더욱 시끄럽게 하는 번잡한 말장난들은 이 짧은 한 줄짜리 시 앞에서 몸둘 곳을 찾지 못하리라.

그렇다. 침묵에 관하여 말하는 것보다 침묵하는 것이 훨씬 더 소중한 일이다. 그러나 침묵이 침묵으로만 잠들어 있으면 우리가 어떻게 그것의 소중함을 알겠는가? 바쇼는 바로 그것을 개구리 물에 뛰어드는 소리 하나로 언뜻 일깨워주고 나서 언제 내가 무엇을 했느냐는 듯 무거운 정적 속에 몸을 감춘다. 기막힌 수법이다.

나는 가끔 거문고 산조의 진양조를 듣는다. '퉁' 하고 한 소리 울린 다음 침묵이 계속되다가 깜박 잊었다는 듯이 울리는 퉁! 그 소리가 참 좋다. 한참

듣다보니 문득 소리와 소리 사이의 묵음默音이 들리기 시작했고 그리하여 거문고 느린 진양조 가락이 들려주는 '침묵의 소리' 에 맛을 들이게 되었다.

공안 기관은 시위를 하는 학생들보다 그들의 배후 인물에 주목한다. 당연한 일이다. 침묵은 소리의 어미요, 소리는 침묵의 자식이다. 그러니 소리보다 침묵이 먼저요, 침묵을 아는 것이 모든 소리를 아는 일의 근본이다. 그런데, 시위하는 학생을 잡지 않고서는 배후를 찾아낼 수 없듯이 귀에 들리는 소리를 통하지 않고서는 '침묵의 소리' 를 들을 수 없는 것이다.

오래 된 연못의 정적을 시인에게 알려준 것은 개구리가 뛰어들며 낸 물소리다. 그러나, 개구리 뛰어드는 물소리에서 모든 사람이 정적을 듣는 것은 아니다. 들을 귀 있는 사람만이 듣는다.

그러면, 들을 귀 있는 사람은 태어나면서부터 특수한 귀를 가지고 태어나는 것일까? 그렇다고 주장하는 사람에게 반대할 마음은 없지만, 나는 그렇게 생각하지 않는다.

누구든지 그런 귀를 가지고자 소원하고 그에 합당한 공부를 하면 들을 수 있다고 본다. 한 사람에게 가능한 것은 모든 사람에게 가능하다는 말도 있지 않은가? 추사秋史 선생만큼은 쓸 수 없지만 나도 글씨를 쓸 수 있다. 그리고 내가 꼭 그 분처럼 글씨를 써야 할 이유는 없는 것이다.

그런 뜻에서, 소리와 소리 사이 또는 그 앞뒤에 숨어 있는 '침묵의 소리'

를 듣는 귀는 누구나 가질 수 있다.

'침묵의 소리'를 들으려면 우선 귀에 들리는 소리를 잘 들어야 한다. 듣되 그 소리에 갇히지 말고 들어야 한다. 현상現想만 보는 눈으로는 진상眞相을 보지 못한다. 현상과 함께 그 너머를 보는 '그윽한 눈길'만이 보이지 않는 진상을 본다.

소리를 듣는 일도 이와 마찬가지다. 거문고의 소리와 소리 틈에서 묵음默音을 듣듯이, 귀에 들리는 소리를 통해 들리지 않는 소리를 듣는 사람만이 시끄러운 세상에서 침묵의 바다를 헤엄친다. 아무도 그 고요함을 어지럽히지 못할 것이다.

정보情報의 출처인 실재實在와
목소리 사이에, 길이 있다.

수행修行의 침묵 속에
그 길은 열리고
떠도는 잡담雜談과 함께
그 길은 막힌다.

– 루미Rumi

바다

우선 마음의 빗장을 풀어 버리자. 파도 소리가 들리거든 그 소리에 조용히
귀를 기울이자. 거대한 바다의 규칙적인 호흡에 우리의 몸은 공명하고 사
념은 사그러들 것이다. 그것은 우주의 리듬이고 생명의 리듬이다.

눈앞에 하얗게 부서지는 포말이 보이거든 그냥 그대로 바라보면 된다.

귀 속에 출렁이는 바다의 소리가 가득해질 때까지 파도 소리를 듣고, 눈
에 파란 바닷물이 고일 때까지 바다를 바라 보자. 우주의 음악을 연주하는
파도의 노래를 들으며 아득한 원시의 나로 돌아가 보자.

해변 산책

물결이 찰랑거리는 해변을 따라 맨발로 걷는다. 맨발이 부드럽게 젖은 모 래 속에 파묻힌다. 싱싱한 바다 바람에선 짭조롬한 소금기가 느껴진다.

머리 위에서 끊임없이 움직이는 태양의 위치에 따라 짧아지고 길어지는 그림자를 바라본다. 뭍에서 바다로 바다에서 뭍으로 고개를 돌리며 주변의 모든 것에 눈길을 주어라. 오직 앞을 향해서만 고정되어 있던 당신의 눈에 바다와 하늘, 끝없이 펼쳐진 모래밭을 가득 담아라. 어슬렁 어슬렁 바위 틈 으로 숨는 조개들, 파도에 몸을 싣고 해변까지 밀려온 해초들, 잔잔한 물 위 를 선회하다가 '첨벙' 하고 물 속으로 머리를 밀어넣는 하얀 새들……. 풍요 로운 생명의 흐름 속에 자신을 푹 적시며 바다의 메시지를 들어라.

때로는 멈춰 서서, 때로는 우두커니 앉아서 높은 파도의 심호흡을 가슴 으로 느끼고, 밀물과 썰물의 흐름을 몸으로 체험한다. 자연의 율동에 호흡 을 맞춰보는 것이다.

또, 때로는 온몸에 넘치는 자유를 흠뻑 누리면서, 마치 저 먼 수평선과 지평선의 합일점에까지 가닿기라도 할듯이 마음껏 달려 보는 것도 좋다. 어린아이가 된 듯 소리도 질러 보라.

바다 명상 • 둘

근심 던지기

바다를 바라보고 서거나 앉는다.

바닷물이 밀려 왔다 다시 밀려 나가는 광경을 가만히 바라본다.

　그것이 익숙해지고 나면 마음 속에 고민하고 있는 일들을 하나하나 끄집어낸다. 앞으로의 계획, 잘 풀리지 않는 인간관계 등 마음 속에 차곡차곡 쌓여 있는 근심의 목록이 있을 것이다. 그것을 하나씩 하나씩 꺼내서 바다에 던진다.

　상상이 잘 안 되면 조약돌을 집어던지며 그것을 마음 속 고민이라고 생각한다. 하나씩 던질 때마다 근심을 던져버린다고 생각한다. 더 이상 아무것도 남아있지 않고, 마음이 텅 빈 비닐백처럼 투명해졌다고 느낄 때까지 그것을 반복한다.

　가슴이 후련해지도록 고함을 질러 보는 것도 좋다.

바다 명상 • 셋
파도에 공명하기

조용한 시간을 택해 바닷가에 편안한 자세로 앉는다.

당신이라는 조그만 껍질을 벗어 버리고 바다의 속삭임 속으로 걸어 들어가 보라. 바다는 수많은 해초와 물고기를 품어내고 길러내는 위대한 자궁이다. 바다의 깊은 품 안으로 깊이 들어가 새롭게 태어나는 체험을 해보자.

아랫배 단전 앞에 두 손을 모으고 물소리를 귀로 듣지 말고, 단전으로 듣는다. 물소리가 온몸을 때리도록 해서 물의 기운을 몸으로 받는다. 물소리를 집중해서 듣는다. 물소리가 온몸 깊이 스며들도록 한다. 그 파장이 몸속 깊이 녹음 되면 몸의 모든 부분이 신선하고 활기차게 재생된다. 몸을 열어 파도 소리를 듣는다.

파도의 움직임에 따라 물 속에 들어 있는 순수한 자연의 에너지와 내 몸이 공명하고 있음을 느낀다.

나는 바다에서 시를 줍는다

바다에 가면 어머니 뱃속에 있을 때와 같은 편안함과 자유로움이 있다. 바다에 가고 싶어하는 마음, 그것은 아마도 정신적인 본능 이전의 생리적인 본능일 것이다. 어머니 뱃속은 무중력 상태의 바다이다. 물은 우리가 자라고 태어난 고향이다.

　물 속에 들어가도 바다는 나를 밀쳐내지 않는다. 저항하는 법이 없다. 그래서 일상사가 복잡하고 정신적인 공간이 좁다고 느껴질 때 나는 탁 트인 곳을 찾아 바다로 간다. 바다에 안겼을 때의 편안함과 자유, 그것이 바다에

이생진　시인. 끊임없이 섬을 여행하며 시를 쓰고 있다. '우이동 시인들' 동인회를 만들어 진달래 꽃이 피는 봄에는 '북한산 시화제詩花祭'를, 단풍이 물드는 가을에는 '북한산 단풍시제'를 주관하면서 환경 운동을 펼치고 있다. 시집으로는 〈그리운 바다 성산포〉〈산에 오는 이유〉〈섬에 오는 이유〉 등이 있다.

가는 이유다. 그래서 이런 글을 쓴 적도 있다.

바다 앞에 서면 네 마음이 약해지는 까닭을 아느냐. 그것은 네 마음이 맑고 투명해
지기 때문이다. 바다 앞에 서면 희망이 생긴다. 바다 앞에 서면 그 희망을 찾아가
고 싶어진다. 바다 앞에 서면 그리워진다. 그 그리움을 불러보고 싶어한다. 바다 앞
에 서면 큰 소리로 부르고 싶은 것이 있다. 그 소리는 분명 그곳에 전달될 것이다.
바다 앞에 서면 이런 많은 느낌들이 생긴다. 이것이 보이지 않는 양식이다. 바다가
위대한 스승이요, 훌륭한 교육장인 까닭은 느끼면서 배울 수 있기 때문이다.

바다에 가면 바다가 얘기하는 말이 있다. 바다라는 생명체가 보내는 텔레
파시다. 나는 그것을 받아서 시를 쓴다. 그것은 바다라는 생명과 인간인 나
와의 만남이다. 그래서 바다에서 시를 쓴다는 표현은 어울리지 않는다. 나
는 바다에서 시를 쓴다기보다 시를 줍는다. 내가 시를 쓰겠다고 해서 쓰는
것이 아니다. 바다는 나를 충동하고 내 가슴을 울려 준다.
　　나는 바다에서 시를 줍고, 돌아와서는 바다에서 얻어온 시를 정리한다.
〈그리운 바다 성산포〉에 실린 수십 편의 시들은 그렇게 사흘 만에 쓰여졌다.
　　어떤 때는 모래사장에 누워 있다가 그대로 잠이 들 때도 있다. 그러면 달
이 떠오른다. 그때의 느낌이 한량없이 좋다. 산꼭대기에 올라 가만히 바다

를 보고 있으면 바다의 기운이 내게로 몰려온다. 그럴 때 나는 가만히 앉아 바다를 가슴으로 받아들인다.

바닷가에서 만나는 모든 것들은 바다와의 만남 못지 않게 큰 기쁨을 준다. 모래 사장을 따라 걷다가 만나는 닳고 닳아서 구멍이 숭숭 뚫린 소라 껍질만 해도 그렇다.

가만히 그것을 들여다 본다. 얼마나 바다의 소리를 들었으면 이렇게 귀가 다 뚫렸을까? 그런 소라가 나에게는 무척 친근하게 느껴진다. 하얀 모래, 조약돌……. 이런 것들을 보며 나도 저렇게 씻기고 씻겨서 굴곡 없고 거침 없어졌으면 하는 바람을 품는다.

그리고 나는 바닷물로 들어간다. 그리고 나 자신이 조약돌이 되어서는 바닷물을 맞이한다. 그렇게 나는 바다에서 느끼면서 배운다.

습관 벗기

참된 변화는 내면에서부터 시작되어야 한다.
이것은 뿌리, 즉 사고의 바탕이자 근본을 바꿈으로써만 가능하다.
우리의 내면에서, 우리의 성품을 결정하고 우리가 세상을 보는
관점의 렌즈를 창조하는 것, 그것을 바꿀 수 있어야 한다.
– 스티븐 코비 Stephen R. Covey

누구나 가슴 속에 현재에 대한 불만과 지금 하고 있지 못한 일에 대한 아쉬움이 있을 것이다. 그 때 내가 좀더 최선을 다했더라면, 좀더 좋은 친구를 사귀었더라면, 일찍 일어나는 습관을 길러두었더라면 …….

지난 날을 아쉬워하고 있는 사이에도 시간은 흐른다. 내일이 오면 당신은 또 어제를 돌아보면서 아쉬움에 젖게 될 것이다. 후회도 습관이며 중독성을 가지고 있다는 것을 알고 있는가?

무언가를 바꾸고 싶다면 미적미적 미루지 말고 지금 당장 시도해 보자.

몸에 깊숙이 배어 버린 습관을 바꾸고 새로운 습관을 만드는 일이 쉽지는 않지만, 정말로 인생을 사랑한다면 결코 어려운 일만은 아닐 것이다. 습관을 바꾸는 과정 중에 겪게 될 시행착오와 고통은 내면을 더 성숙하게 해줄 것이다. 또, 습관을 바꾸고 났을 때의 성취감은 자신에 대한 믿음과 사랑을 더욱 깊게 해줄 것이다.

바라보기

먼저, 당신이 벗어나고자 하는 행동과 습관을 바라보자.

간식을 너무 많이 먹고 있다면 무조건 간식을 끊으려 들 필요는 없다. 간식에 손을 뻗는 순간 당신은 그 행동을 의식하면 된다. 천천히 손을 뻗는 모습, 입 안에 넣는 행동도 의식을 가지고 지켜 본다. 음식을 씹을 때도 혀에 느껴지는 맛과 이에 닿는 감촉, 목구멍으로 넘어가는 느낌……. 이 모든 것들을 세밀하게 의식한다. 위 속으로 내려가는 음식을 완전한 의식으로 지켜본다.

만일 담배를 끊고자 한다면 천천히 주머니에서 담배를 꺼내 입에 넣고, 불을 붙이는 행위까지도 완전한 의식으로 지켜보고 그 행위를 음미한다. 첫 한 모금을 천천히 당신의 폐 깊이 채우고 내뿜는다.

어느 날 당신은 스스로 점차 이런 습관을 멀리하게 되기 시작할 것이다. 스스로 그런 행위들이 당신의 몸과 마음의 조화를 깨고 있다는 사실을 확실하게 깨달았으므로.

몸에게 이야기한다

페루 인디언들은 바다에 나가 고기를 잡기 전에 낚싯대와 대화를 나눈다고 한다. "너는 바다에 나가면 고기를 많이 잡게 될 거야." 이 말을 통해서 그들은 그 낚싯대를 고기를 잘 잡는 낚싯대로 만든 것이다.

우리 몸도 낚시대와 마찬가지다. 원하는 바를 입력시켜 놓으면 그대로 이루려는 성향이 있다. 자신의 소망이 온몸의 세포 깊숙이 스며들 수 있도록 틈날 때마다 정성스럽게 되풀이한다. 다음은 습관을 바꿀 때 도움이 될 말들을 예로 들어본 것이다.

▶ 담배를 끊고 싶을 때
내 몸은 담배를 싫어한다.
담배를 안 피울수록 내 몸은 맑게 정화된다.

▶ 체중을 줄이고 싶을 때
나는 내가 원하는 체중을 유지해 줄 만큼만 먹는다.
나는 배가 고프지 않는데도 무의식적으로 먹지 않는다.

선명한 이미지를 그린다

틈날 때마다 원하는 것이 이루어진 모습을 그려 본다. 그게 이루어져서 기쁘하는 모습, 나에게 찾아올 좋은 결과들을 생생하게 떠올린다.

체중을 줄이겠다고 마음먹은 사람이라면 날씬한 옷을 입은 모습을 그리고, 운동을 하겠다고 마음먹은 사람이라면 아침 공기를 가르며 힘차게 뛰어가는 날렵한 모습을 그린다.

출퇴근길이나 사람을 기다릴 때, 식당에 가서 음식이 나오기를 기다릴 때 수시로 그 영상을 떠올려 본다. 영상을 떠올릴 때는 실제 그 상황에 있는 것처럼, 그때 자신의 느낄 법한 감정과 기분을 끌어낸다.

온몸의 세포들이 기쁨으로 전율하는 것을 느껴 보라. 당신의 몸은 그것이 실제 상황인 듯 반응해 올 것이다.

끝까지 자신을 믿어 주라

작심삼일이 되고 스스로 세운 룰을 자꾸 어기게 되더라도 절대로 실망하거나 포기하거나 자신의 기를 꺾어서는 안 된다. 끝까지 자신을 믿어 주라. 스스로를 향한 모욕적인 말과 비난은 절대 삼가한다. 죄책감이나 자괴감은 에너지를 오그라들게 만들 뿐이다. 에너지가 당신 안으로 수축될수록 결심을 실행할 의지와 의욕도 함께 떨어진다.

자신에게 격려와 신뢰가 담긴 말을 할 때와, 반대로 비난과 원망의 말을 할 때 몸에서 느껴지는 에너지를 관찰해 보라. 자신에게 믿음을 줄수록 새로운 활력과 의지가 솟아나는 것을 느낄 것이다.

습관 달력과 일지 쓰기

잠자리에 들기 전에 하루를 돌아보는 시간을 갖는다. 하루 일과를 쭉 떠올려 보면서 내가 바뀌고자 하는 방향에 얼마나 맞게 지내왔는지를 점검한다. 5분에서 10분 정도면 충분하다.

이 때 중요한 것은 하루 생활 중에 못 지켰거나 실천하지 못한 점이 있더라도 자신을 너무 비난하거나 비하하지 말아야 한다는 것이다. '나는 나와의 약속을 제대로 지키는 법이 없어', '나는 의지력이 너무 약해' 같은 생각이 뇌에 입력이 되면 당신의 생명력과 창조력은 오그라들고 만다. 힘이 빠지면 자포자기한다든가 습관을 더욱 악화시키게 된다.

하루 일과 중 습관을 바꾸기 위해 내가 기울인 노력의 결과를 달력에 표시하고, 일지에 적는다. 보통 달력을 '습관 바꾸기' 달력으로 만들어 날짜에 동그라미를 쳐가면서 내가 얼마나 잘 실천하고 있나를 점검한다. 일지에는 습관 하나를 바꾸기 위해 하루 동안 기울였던 노력들을 간단하게 기록해 나간다. 길게 쓸 필요는 없다.

엉성한 내 걸음걸이 바꾸기

내 걸음걸이는 엉성하다. 아직 학생이던 옛날, 내 여자 친구 하나가 그 엉성함을 지적해 주었다. 그러나 거의 20년이나 익숙한 걸음걸이를 어떻게 바꿀 수 있었겠는가? 걸음걸이를 고칠 생각은 못하고, 그저 그것도 내 특성의 하나로 이해해 주기를 바랐다.

그후 다시 25년이 지난 지금 나는 걸음걸이를 고치고 있는 중이다. 어린아이가 걸음을 배우듯 그렇게 한걸음 한걸음 마음을 실어 걸어 보려고 한다.

구본형 변화경영전문가. IBM에서 경영혁신팀장으로 변화와 개혁의 실무를 총괄했으며 현재는 '구본형 변화경영연구소(www.bhgoo.com)' 소장으로 활발한 저술 활동을 펼치고 있다. 지은 책으로 〈낯선 곳에서의 아침〉〈익숙한 것과의 결별〉〈그대, 스스로를 고용하라〉〈일상의 황홀〉 등이 있다.

걸음걸이에 의식적인 관심을 갖게 되자 곧 여러 가지를 알게 되었다. 체중이 발의 앞쪽과 바깥쪽에 주로 실려 있다는 것을 알아냈다. 발뒤꿈치와 발의 안쪽에는 거의 힘이 실리지 않았다. 경추는 앞으로 튀어나오고 턱은 올라가 있었다. 걸을 때 골반이 앞뒤로 흔들려 자세가 불안정했다. 허리는 앞으로 구부정하고 등도 굽었다. 게다가 팔자 걸음으로 어슬렁거리듯 걷는다. 그러니 엉성하다는 말을 들을 수밖에 없었을 것이다. 그러니까 나는 발과 다리의 힘으로 걷고 있었던 것이 아니라 주로 상체와 골반을 움직임으로써 발이 옮겨질 때마다 변하는 중심 이동에 대응하여 균형을 유지하고 있었던 것이다.

지금은 발에 마음을 실어 걸으려고 한다. 허리와 등을 펴고 발의 뒤꿈치로부터 걸음걸이의 탄력을 받아 신는다. 무게 중심도 바깥쪽보다는 안쪽에 실어 보낸다. 그리고 발끝을 안으로 모아 발놓임이 팔자가 되지 않도록 신경 쓰고 있다. 또 보폭은 가능한 한 크게 하되 골반이 흔들리지 않게 한다. 말하자면 이제 상체에 의존하지 않고 발과 다리에게 걸음을 맡겨 놓으려는 것이다.

그랬더니 나는 벌써 거분이 훨씬 좋다. 경추가 바르게 되니 기도가 바르게 되어 호흡이 깊어지고, 발 중앙으로 마음이 옮겨져 걸으니 몸의 중심이 바로 선다.

나는 45년간이나 익숙해져 있는 걸음걸이를 바꾸어 가고 있는 중이다. 그런 점에서 나는 지금 걸음을 배우고 있는 한 살짜리 아이와 같다. 새로운 걸음걸이가 나는 너무 재미있다. 2년이 지나 세 살이 되면 잘 걸을 수 있을 것이다. 왜냐하면 세 살이 되어서도 잘 못 걷는 아이는 거의 없으니까.

우리는 참으로 많은 습관들의 복합체이다. 먹는 습관이 다르고 자는 습관도 다르다. 어떤 사람은 기름진 음식을 좋아하고 또 많이 먹는다. 그러나 어떤 사람은 채식 위주의 식단을 즐기고 먹는 양도 조금이다. 늦게 자고 늦게 일어나는 사람도 있고, 그 반대도 있다. 담배를 피우는 사람도 있고 술을 즐기는 사람도 있다. 또 다른 사람은 그런 것이 전혀 없이도 잘 산다.

습관들은 서로 연결되어 있다. 예를 들어 담배는 기름진 음식과 술에 영향을 받는다. 그래서 담배 맛은 밥을 먹고 난 후나 술을 마실 때 더 맛있다. '식후불연이면 3초 후 즉사' 같은 말들은 바로 기름진 음식을 먹고 나면 담배 맛이 당기는 것을 나타낸 것이다. 담배를 며칠 끊는 데 성공한 사람도 저녁에 술자리에 동석하면, 그 날로 다시 피우게 되는 일이 비일비재하다.

술자리가 무르익기 전까지는 그런 대로 참을 만하다. 그러나 술이 몇 순배 돌고, 앞에 앉아 있는 친구들이 피우는 담배 맛의 유혹을 더 이상 참을 수 없게 되면, 슬그머니 한 대를 꺼내 입에 물게 된다. 속으로 일생의 마지막 담배를 피우는 거라고 다짐을 하지만, 마음은 이미 무너져 과거로 회귀하는 첫 담배를 피우게 되었음을 직감한다. 그리고 쓸쓸하게 웃고 만다. 그리고 다시 어쩔 수 없는 흡연자로 되돌아가고 그 다음엔 시도조차 꺼리게 된다. 또 실패하는 것을 두려워하기 때문이다.

습관을 벗어 버리는 일은 이와 같이 어렵다. 새로운 습관으로 옮겨가기 위해서 중요한 것은 자기 설득이다. 건강한 사람이 담배를 끊기는 어렵지만, 암에 걸린 사람은 선고를 받자마자 끊을 수 있다. 왜 그런가? 받아들이는 태도에 차이가 있기 때문이다. 생존의 문제로 인식하면 변화의 반은 성공한 셈이다.

　가장 어렵고 가장 중요한 시작점이다. 다음은 연결된 습관 모두를 공격의 대상으로 삼는 것이다. 담배를 끊고 싶으면, 기름진 음식을 자제하고, 술을 먹지 않는 것이다. 어렵다고 생각하는가? 그렇다 어렵다. 어렵기 때문에 기쁨도 그만큼 큰 것이다.

　우리는 낡은 습관을 벗어버리면서 새로운 습관이 무엇인지도 생각해야 한다. 과거의 걸음걸이를 청산함은 동시에 새로운 걸음걸이의 탄생을 의미한다. 기름진 음식의 자제는 검박한 음식과 친해지는 것이다. 먹고 마시는 데 인생을 쓰지 않는 것이다. TV라는 이름의 바보 상자에 빠져 보낸 몇 시간의 새로운 사용처를 동시에 찾아내야 한다. 그래야 과거의 습관으로 되돌아가지 않는다.

한번 그대가 성공하게 되면, 그 다음엔 무엇이든 바꾸어 낼 수 있다. 마음먹는 순간 그것은 이미 끝난 것이 된다. 그대의 의식이 담배의 개념을 지워내는 순간 그것은 세상에서 사라지게 된다. 경이로운 일이 아닌가?

스스로에게 약속한 것을 지키는 데 한 번이라도 성공해 본 사람은 그 기쁨이 무엇인지 안다. 그리고 이러한 능력은 재생된다. 그리하여 자신의 가장 소중한 자산이 된다. 바로 '변화의 능력'을 가지게 되는 것이다.

숨

숨이 들어올 때 나는 새로운 존재로 탄생하고,
숨이 나갈 때 병들고 때묻은 과거의 나는 죽는다.
이렇게 나는 숨과 함께 매순간 죽었다가 다시 살아난다.
– 일지 이승헌

인도의 시인 까비르는 말했다. "신神은 숨 속의 숨이다." 생명력과 창조의
원천이 되는 이 숨을 느껴본 적이 있는가? 숨을 느낀다면 우리는 신을 느
낄 수 있다.

숨을 어떻게 쉬는가에 따라 당신은 노화하기도 하고 젊음을 되찾기도 한
다. 호흡은 우리의 감정과 기분에 따라 변화한다. 화가 났을 때 당신의 호
흡은 짧고 얕아진다. 사랑을 할 때는 깊고 빨라진다. 행복할 때는 여유롭고
풍부하다. 그리고 두려움을 느낄 때 호흡은 잦아든다.

우리들은 평상시에 제대로 된 숨을 쉬지 못하고 지낸다. 너무나도 많은
생각, 너무나도 많은 감정들이 우리의 호흡을 얕고 불규칙하게 만든다. 그
러나 무리하게 호흡을 바꾸거나 집중할 필요는 없다. 우선 호흡과 친해지
자. 호흡을 바라보고 느끼고 알아차리면 당신의 몸과 마음은 변하기 시작
한다.

숨 명상 ● 하나

알아차리기

자신의 숨을 관찰해 보면 매순간의 호흡이 조금씩 다르다는 것을 발견하게 된다. 마냥 같으면서도 끊임없이 변화하는 하늘이나 바다를 관찰하는 것 같다. 그렇게 단순하면서도 신비롭다.

호흡을 바라보라. 호흡을 조절하거나 더 깊게 숨쉬려 하지 말고 그냥 자신이 호흡을 하고 있다는 것을 느끼기만 해본다. 숨이 들어왔다 나가는 것을 의식한다.

잡념이 많이 생기면 속으로 이렇게 말해 주어도 좋다.

'지금 나는 숨을 들이쉬고 있다…… 지금 나는 숨을 내쉬고 있다…….'

들이쉬고 내쉴 때의 간격이 일정한지 관찰한다. 흐름의 부드러움과 거침의 차이를 판단하지 않고 그냥 의식하면서 주시한다. 마치 강물의 흐름을 바라보듯이, 파도가 밀려왔다 밀려가는 것을 지켜보는 듯이 한다. 그냥 바라보기만 한다.

아랫배로 숨쉬기

당신은 숨을 어떻게 쉬고 있는가? 가슴으로 쉬고 있는가? 혹시 자신도 모르게 입을 벌리고 숨을 쉬고 있지는 않은가? 당신의 숨을 아랫배에까지 끌어내려 보자.

아랫배로 숨을 쉬기 시작하면 얼마 지나지 않아 마음이 안정되고 머리가 맑아지는 것을 경험할 수 있다. 처음에는 5분, 다음엔 10분, 그 다음에는 30분 식으로 날마다 조금씩 늘여가다 보면, 얼마 지나지 않아 아랫배가 따뜻해지고 뱃심이 든든해지는 것을 느낄 것이다.

먼저 편안하게 책상다리를 하고 앉는다.
숨을 깊게 들이마시고 허리가 바닥에까지 닿도록 숙이면서 숨을 길게 내쉰다. 허리를 숙일 때 이 사이로 '쓰으' 하고 소리를 내면서 숨을 길게 뽑아낸다. 내쉬는 숨을 잘 쉬어 주면 들어오는 숨은 저절로 이루어진다. 몸과 마음에 쌓인 온갖 스트레스를 이 때 다 내보낸다고 생각한다.

같은 요령으로, 세 번 정도 허리를 숙이면서 숨을 길게 내쉰다.

이제 허리를 곧추 세우고 좌우로 몸통을 천천히 흔들어 준다. 모래시계를 연상하면서 모래가 바닥으로 쌓이듯, 기운이 아랫배에 쌓인다고 상상한다. 서서히 움직임을 멈추고 아랫배에 의식을 둔다.

앉아 있는 자세가 힘들다면 편안한 자세로 누워도 좋다. 아랫배에 양손을 살며시 얹으면 의식을 집중하는 데 더 효과적이다. 자연스럽게 호흡을 지켜 보되 의식을 계속 아랫배에 둔다. 억지로 깊게 호흡을 하는 것은 결코 도움이 되지 않는다.

아랫배에 어떤 느낌이 생기면 그 느낌에 마음을 집중하라. 따스한 온기가 편안하게 퍼지면서 동전만한 압력이 느껴지기도 할 것이다. 또 나선형의 소용돌이가 느껴지기도 할 것이다. 물론 아무 느낌이 없을 수도 있다. 중요한 것은 고르고 부드럽고 깊은 호흡에 도달하는 것이다.

언어 이전에 호흡이 있었다

모든 병은 마음에서부터 시작되며 마음에서부터 풀린다. 그럼, 어떻게 하면 마음을 풀 수 있는가? 나는 망설임 없이 '숨'을 고르는 일부터 시작하라고 권한다.

　　마음이 급하고 불안하면 누구나 숨결이 거칠어진다. 마음이 편안해지면 입 안에 맑은 침이 고이고 숨결이 절로 고와진다. 숨결을 고르는 것은 사람의 성품을 곱게 하는 열쇠다. 거친 성품을 가진 사람에게 부드러움을 요구할 필요가 없다. 숨결을 곱게 하는 법을 가르쳐 주기만 하면 된다. 숨결을

최남률 국제평화대학원대학교 교수이자 부설 기관인 단학연구원의 원장으로 재직중이다. 오랫동안 단월드에서 수행했으며 전래되어 오는 전통 수행법을 현대인에 맞게 개선하고 과학화하는 일을 해왔다. 단학 도인체조, 단학 활공, 단전호흡 등을 연구하고 보급하는 데 힘쓰고 있다.

곱게 하면서 화를 낼 도리는 없기 때문이다.

필자한테 수련 지도를 받던 사람 중에 인상이 무척 험상궂은 사람이 있었다. 수련장에서 집이 꽤 멀었는데도 하루도 빠짐없이 새벽 수련을 나올 만큼 열심인 사람이었다. 어느 날 수련 중에 그가 흐느껴 울기 시작했다. 우악스럽고 험상궂은 얼굴에, 덩치는 산만한 사람이 눈물을 주르르 흘리더니 나중에는 주위 사람들 시선은 아랑곳도 없이 꺼이꺼이 목놓아 우는 것이었다. 나는 맘껏 울게 내버려 두었다.

그는 동네에서도 내로라 하는 난봉꾼에다 노름꾼이었다. 가족과 친구들에게 못할 짓만 하고 살아왔던 그가, 가만히 앉아 숨을 고르다 보니 과거의 잘못들이 영화 필름처럼 스쳐가더라는 것이다. 그는 자신이 내뱉은 가시 돋힌 말들, 온갖 속임수들, 셀 수 없을 만큼 행한 폭력들을 뉘우치며 사무치는 참회의 눈물을 흘렸다.

그 뒤로 그는 술과 담배를 끊었다. 그의 아내가 나를 찾아왔다. 30년이 넘게 자신과 가족들도 어쩌지 못한 남편의 마음을 어떻게 바꿔 놓을 수 있었느냐고 고마워하면서 물었다.

그러나 나는 아무것도 한 게 없다. 어느 누구도 그에게 이래라 저래라 가르침을 준 적이 없다. 술을 마시지 말라고 말한 적도, 노름에서 손을 떼라고 설교를 늘어놓은 적도 없다. 그저 호흡만 하도록 시켰을 뿐이다. 숨을 고르는 가운데 그는 자신의 참모습을 만났다. 그때 나는 가장 좋은 교육이 호흡이라는 사실을 깨달았다. 내가 그에게 도덕적인 설교를 늘어놓았던들 그의 마음을 움직일 수 있었을까?

화를 내거나 남을 괴롭히면서 숨을 편하게 쉴 재간은 없다. 호흡과 그 사람의 정신, 기분, 건강은 일치하는 것이다. 호흡만 바로잡으면 마음은 자연적으로 가라앉기 마련이다. 마음이 편안하면 머리가 맑아지고 사리판단 또한 바르게 할 수 있게 된다.

언어 이전에 호흡이 있었다. 누구나 어머니 뱃속에서 출생하는 그 순간은 단전호흡의 대가였고 순수한 몸과 마음의 소유자였다. 그러나 우리는 성장하면서 깊고 고른 숨을 잃었다. 인간관계에서 오는 마음의 상처, 방어와 긴장, 경쟁, 갖가지 관념들, 잘못된 습관들……. 이런 것들이 쌓이고 쌓여 우리의 호흡을 빠르고 얕으며 불규칙적인 것으로 바꿔 놓은 것이다.

본래 타고 났던 때묻지 않은 마음, 그 평화로운 마음을 되찾는 가장 좋은 방법은 숨을 고르는 것이다. 숨결을 곱게 하는 것만으로 사람들은 미움과 원망 대신에 희망과 용기를 얻고, 생의 목표를 재발견하며, 이제껏 살아왔던 삶의 방식과 전혀 다른 모습으로 새 인생을 시작한다. 그런 일이 '숨쉬기 운동'을 하는 현장에서는 흔하게 일어난다.

이것이야말로 생명의 신비, 경이로움 그 자체가 아닌가?

자연

이제 나는 안다. 최고의 인간을 만드는 비밀을.
그것은 툭 트인 대기 속에서 자라고 대지와 함께 먹고 자는 것.
– 로빈슨 제퍼스 John Robinson Jeffers

자연 속의 작은 만남을 통해서도 우리의 의식은 무한대로 확장한다. 그런 점에서 '한 알의 모래에서/ 세계를 보며/ 한 송이 들꽃에서/ 천국을 본다'는 윌리엄 블레이크의 시는 한 치도 과장이 아니다.

자연은 우리에게 한없는 지혜와 영감을 준다. 그래서 인간은 어려운 문제에 부딪혔을 때 해답을 찾아 자연 속으로 떠나기도 한다. 석가나 예수, 모하메드 등 인류의 성인들은 자연과의 만남을 통해 지혜와 영감을 구했다.

분주한 삶에 길들여진 우리는 자연이 주는 신비를 보고 들을 수 있는 감각을 닫고 살아간다. 여기 소개하는 방법들은 닫힌 감각을 열어서 우리 곁에 있는 자연에 좀더 가깝게 다가서는 길들이다. 열린 감각으로 주변 세계를 관찰하면 그동안 알지 못했던 아름다움에 새롭게 눈뜨게 될 것이다.

자신이 자연의 일부분이라는 사실을 받아들일 때 비로소 우리는 진정한 평화와 감사를 경험한다.

달빛 받기

달은 부드럽고 축축한 행성이다. 옛부터 사람들은 영원한 모성이나 성스러운 처녀성을 달에 빗대어 표현했다.

우리나라에 전하던 '흡월정吸月精'이라 는 풍습도 이러한 달의 상징성과 깊은 연관을 맺고 있다. 흡월정이란 달의 정기를 들이마신다는 뜻으로, 아이를 갖고 싶어하는 여인들 사이에 전하던 풍습이다. 방법은 음력 초열흘부터 보름까지 달이 만삭처럼 부풀어오를 때, 갓떠오르는 달을 맞바라보고 서서 숨을 크게 들이마시는 것이다. 이 때 숨과 함께 우주의 음기陰氣를 생성해 주는 달의 기운을 몸 속으로 빨아들이는 것이 핵심이다. 자연만물과 교감할 줄 알았던 조상의 지혜를 되새기게 되는 대목이다.

반가부좌 자세를 취하거나 그냥 편안한 자세로 앉는다. 머리끝에 찻잔을 얹어 놓았다고 상상한다. 그 찻잔을 통해 흘러든 달빛을 받아 아랫배까지 끌어내린다. 물의 성질을 가진 달빛의 기운은 머리를 아주 맑고 청량하게 한다. 또 달빛 에너지는 제3의 눈을 각성시키는 효과가 있다. 양미간 사이에 위치한 이 제3의 눈이 깨어나면 통찰력과 직관력이 개발된다.

아름다운 자연물 모으기

빨간 단풍잎, 윤기가 흐르는 나무열매, 바닷가에서 주운 소라 고동, 강가의 작고 둥근 돌멩이들……. 마음이 지치고 피곤할 때 이런 것들을 들여다보면 마음의 여유를 찾을 수 있다.

바닷가를 산책하거나 산길을 걷다가, 혹은 가까운 공원을 걷다가 마음이 끌리는 자연물 하나를 주워 보자. 집에 가져와 책상 한 쪽에 놓아두고 그 자연물을 볼 때마다 그 속에 배어 있는 시간과 공간들의 의미를 떠올릴 수 있다. 이 작은 나무열매 하나가 여기까지 오는 데 얼마나 많은 창조와 소멸의 순환이 이루어졌을까?

이런 사소한 물건들이 우리가 대지에 속한 사람들이고, 우리의 삶이 자연과 밀접하게 연결되어 있음을 상기시켜 줄 것이다. 또한 창조의 아름다움과 완전함을 배우게 될 것이다.

식물 기르기

식물의 영성靈性을 이해하고 식물을 재배한 사람들이 보여준 결과는 믿기지 않을 정도로 놀랍다. 그 중에서도 사람들의 시선을 가장 많이 끌었던 사건은 피터 캐디 일가에 의해 이루어진 핀드혼의 기적이다.

피터 캐디 일가는 스코틀랜드 북부에 위치한, 황무지나 다름없었던 핀드혼의 캐러밴 지역을 온갖 종류의 채소와 과일 그리고 약용 식물이 가득한 광대한 녹지로 바꾸어 놓았다. 그들이 거둔 성과는 농학 지식으로도 도저히 설명할 수 없는 것이었다.

그들은 기적의 비결을 묻는 사람들에게 다만 이렇게 답변했다. 화학비료를 쓰지 않고 자연산 퇴비를 썼으며 자신의 몸에서 우러나오는 사랑의 진동과 감정을 전달하려고 노력했다고. 그들은 식물을 양육하는 자연의 영혼이 있다고 믿었고 그 영혼과의 교신을 통해 식물을 기르고자 하였다. 모든 생명체가 서로 연결되어 있다는 것과 인간이 자연과 협력한다면 이 지구상에서 못 얻을 게 없다는 것이 그들의 믿음이었다.

원하는 성향을 마음에도 심는다

자신에게서 개발하고 싶은 성향을 상징하는 씨앗을 심는다. 좀더 강한 사람이 되고 싶다면 단단한 열매가 나오는 씨앗을, 부드러운 성질을 가진 사람이 되고 싶다면 나팔꽃이나 강낭콩같이 자라는 모양이 유연한 것의 씨앗을 심는다. 정성스럽게 키워서 그 씨앗에서 식물이 자라나면, 그것은 당신이 새롭게 개발하고 싶은 내적인 모습에 대한 노력이 겉으로 드러난 결과다. 식물을 기르는 데 쏟아부은 에너지를 우주는 하나도 놓치지 않고 기억할 것이며, 그것에 반응해서 당신 내부에도 그런 성향이 깨어날 것이다.

평화롭고 고양된 에너지를 보낸다

사람은 식물과 함께 있을 때 행복하고 편안한 기분을 느낀다. 영적인 충만함에 젖어 있는 식물들의 심미적 진동을 인간이 본능적으로 느끼기 때문이다. 식물의 고유한 파장은 인간의 정신뿐만 아니라 신체의 각 부위에도 영향을 미친다. 어떤 것은 상처 입은 데에 좋고, 어떤 것은 시력에, 또 어떤 것은 인간의 감정에 좋은 영향을 미친다.

　마찬가지로 인간의 생각과 감정 역시 식물들에게 많은 영향을 미친다. 행복하고 고양된 파장은 식물에게 유익한 효과를 주지만, 악의적이고 나쁜 분위기의 파장은 식물에게 압박감을 준다. 식물이 자라는 것을 보며 의식의 변화를 점검해 보라.

해충과도 밥을 나눠야 한다

나는 보이는 것이라고는 산뿐인 깊은 산 속에 살고 있다. 이웃집 하나 없다. 큰 골짜기에 내가 사는 집 한 채뿐이다. 나는 이 곳에 살면서 자급자족의 논밭 농사를 하고 있다.

　이따금 사람들이 와서 보고는 병충해 없이 농사가 잘 되고 있는 것을 보고 놀란다. 하지만 여기라고 병충해가 없는 것은 아니다. 다만 다른 곳처럼 그 피해가 심하지 않을 뿐이다. 그 가운데 벼는 한 때 걱정이 될 만큼 벌레에게 많이 뜯겼는데, 그 때 내가 한 일은 논에 가서 벌레들에게 이렇게 말

최성현 충북 제천의 깊은 산속에서 번역과 글쓰기 그리고 농사를 지으며 살고 있다. 지은 책으로 〈바보 이반의 산 이야기〉이 있으며 옮긴 책으로 〈여기에 사는 즐거움〉 〈지렁이 카로〉 〈경제성장이 안 되면 우리는 풍요롭지 못할 것인가〉 (공역) 등이 있다.

하는 게 전부였다.

"너무 많이 드시지는 마세요."

나는 그런 일로 크게 걱정하지 않는다. 무엇이든 벌레와 같이 나눠 먹어야 한다고 보기 때문이다.

올해 아랫마을에서는 병충해 피해로 고추가 일찍 망가졌는데, 여기는 11월 초순인 지금까지 싱싱하다. 사람들은 그것을 보고 이렇게 말한다.

"산 속이기 때문이다. 병균이 여기까지는 올라오지 못하기 때문이다."

그런 면이 전혀 없다고는 할 수 없겠지만 그게 다는 아니다. 나는 그것이 벌레를 보는 시각 차이때문이라고 생각한다. 아랫마을 사람들은 병충해를 문제로 보고 그런 것이 보이면 약을 쳐서 처리하기에 바쁘다. 하지만 나는 그것을 문제로 보지 않는다. 병충해가 발생한다면 문제는 저 쪽이 아니라 이 쪽에 있다는 게 내 생각이다. 해충을 전체 속에서 보면 시각이 달라진다.

논이든 밭이든 그곳에는 생물이 있다. 그 목숨붙이들을 나는 원주原住 생물이라고 부르는데, 나는 그들의 삶을 존중한다. 그래서 싸우지 않고 화목하게 같이 산다.

고추밭을 예로 들자. 무엇을 심든 나는 땅을 갈지 않는데, 그것은 고추를 심을 때 또한 마찬가지다. 땅을 가는 대신 풀이 자라는 대로 두었다가 고추 모종을 심을 곳만 낮게 벤 뒤 삽으로 구덩이를 파고 그곳에 뒷간에서 똥거름을 날라다 한 삽씩 넣는다. 그 똥거름과 파낸 흙을 뒤섞은 뒤, 그 위에 고추를 심는다.

심고 난 뒤 한동안 고추는 자라지 않는다. 뿌리를 내리는 시기다. 그 때 쑥쑥 자라는 풀이 금방 고추를 따라잡는데, 풀이 고추 키만큼 자라기 전에 한 고랑씩 건너뛰어 가며 고랑의 풀을 낫으로 벤다. 베되 한 고랑은 베고, 한 고랑은 안 베는데, 안 벤 고랑은 벤 고랑의 풀이 어느 정도 자라 벌레들이 그 풀숲을 서식지로 삼고 살만할 때 벤다. 그러므로 우리 고추밭에는 벌레들이 깃들어 살 수 있는 풀이 늘 있는 셈이다. 벌레가 되어 보면 언제쯤 풀을 베어야 하는지 알 수 있다. 벌레를 배려하는 마음을 잊어서는 안 된다.

풀은 벌레의 집이자 밥이다. 그러므로 풀을 몽땅 뽑아버리면 벌레들은 작물에 덤벼들 수 밖에 없다. 그렇게 해서 사람들이 병충해라라고 부르는 싸움이, 원치 않는 투쟁이 벌어지는 것이다. 저 쪽 잘못이 아니다. 그런데도 사람들은 반성하지 않는다. 저 쪽 입장을 헤아리지 않는다.

가끔 사람들은 이런 상상을 한다. 모기나 파리와 같은 벌레가 이 지구상에 없으면 얼마나 좋을까 하고. 혹은 해충이 없으면 얼마나 좋을까 하고.

어리석은 꿈이다. 결코 그런 일은 없으리라. 이 지구라는 별은 인간 혼자서 살 수 있게끔 만들어져 있는 것이 아니기 때문이다.

190

벌레가 없으면 우리에게 산소와 목재 그리고 양식을 제공하고 있는 숲이 사라진다. 이로운 벌레만 있었으면 좋겠지만 이로운 벌레가 있기 위에서는 해롭다고 여겨지는 벌레들이 있어야 한다. 또한 크게 혹은 전체적으로 보면 다 연결돼 있기 때문에 한 마디로 잘라 어떤 것을 이롭다 해롭다 할 수도 없다.

풀이나 나무의 가루받이를 돕는 나비가 한 때는 그들의 잎을 갉아먹는 애벌레였다. 그와 같은 것이다. 애벌레 때 해충이라고 여기고 약을 쳐서 다 죽이면 가루받이는 누가 한단 말인가.

그러므로 우리는 밥을 벌레와 나눠야 한다. 풀은 벌레의 밥이자 집이다. 그 사실을 받아들이고 그들의 삶을 돕고자 하는 것이 내 방법이다. 싸우지 않고 사이좋게 한 가족이 돼서 살아야 한다는 것이 내 생각이다.

그 구체적인 실천으로 나는 땅을 갈지 않는다. 풀을 베되 다 베지 않고, 벤 풀은 논밭 바깥으로 내지 않고 그 자리에 놓아준다. 열매를 빼고는 거기서 난 것은 그 자리로 다시 돌려준다. 똥오줌도 그것이 온 곳, 곧 논밭으로 돌려준다. 이것이 나는 내가 할 수 있는 다른 생명체를 향한 최고의 밥 나누기라고 보고 있다.

스님들 중에는 헌식대獻食臺를 설치하고 들짐승이나 날짐승과 먹을 것을 나누는 이가 있다. 고운 마음이다. 그처럼 우리는 벌레와 먹을 것을 나눠야 한다. 해충과도 먹을 것을 나눠야 한다. 거기까지 가야 한다. 그래야 오염 안 된 최고의 먹을거리를 얻을 수 있다. 혼자 먹자고 농약을 뿌리면 벌레만 죽지 않고 벌레에게 친 농약을 자신도 먹어야 한다. 우리는 지금 지구라는 이 아름다운 별에서 그렇게 살고 있다.

이렇게 풀을 벌레의 밥이자 집으로 보고 그 사실을 존중하면 논밭을 벌거숭이로 만들 수가 없다. 그래서 우리 집 논밭은 산처럼 늘 풀로, 짚으로, 낙엽으로 덮여 있다. 맨 땅이 한 군데도 없다. 그 속에서 땅 속 생물들은 편안히 살아가고, 그들의 그러한 삶 자체가 바로 대지의 비옥화로 이어지고 있다. 풀이 온갖 벌레와 땅 속 생물 그리고 미생물들의 밥이 되었다가 그것이 똥의 형태로 바뀌며 땅은 거름지게 바뀌는 것이다.

산은 자연이 중심이고 논밭은 인간이 중심이다. 오늘날 지구의 문제는 이 '인간 중심의 논밭'에 뿌려지는 막대한 농약과 화학 비료다. 그것들이 대지와 강물과 대기를 더럽히고 있기 때문이다. 이제 더 이상 농촌도 깨끗한 곳이 아니라는 말을 하는 사람들이 있는데, 틀린 말이 아니다. 그곳에는 이제 맑은 물도, 건강한 땅도 없다. 농사철에는 농약 때문에 공기조차 맑지 않은 날이 많다.

그저께와 어제 이틀 동안 김장을 했다. 올해도 김장 배추 무가 잘 됐다.

크기도 만족할 만 하고, 무엇보다도 혼자서 잘 컸다. 배추흰나비애벌레가 꽤 생기던 작년과 달리, 올해는 손 한 번 안 댔을 만큼 그 수가 적었다. 배추 사이에 나는 풀을 몇 번 베어주었고, 자라는 대로 솎아 먹은 기억 밖에 없다. 그렇게 아무 것도 해주지 않았는데도 홀로 잘 자랐다.

김장 담그기는 행복하고 고마운 일이었다. 배추의 속잎은 노랗고 겉잎은 파랗다. 갓은 짙푸르고 당근은 붉다. 무는 희다. 그 싱싱한 빛깔들과 맛에 기쁨을 감출 수 없었다. 그것은 김장 담그기를 도와 주러 온 다른 분들도 마찬가지였다. 천지 자연의 은혜가 가슴 가득 느껴지던 하루였다.

곧 겨울이다. 어제 처음 얼음이 얼었다. 곧 눈보라가 치는 날이 있을 것이고, 온 땅이 얼리라. 그래도 쌀이 있고, 김장 김치와 땔감이 있으면 걱정할 것이 없다.

쌀과 김치와 땔감!

누가 주는가? 자연이 주신다. 어제는 김장 담그기와 아울러 여러 집이 한 그릇씩 장만해 온 음식으로 상을 차리고 추수감사제를 했다. 그 가운데 한 사람은 이런 말을 하며 술잔을 올리고 절을 했다.

"올해도 덕분에 잘 먹고 잘 살았습니다. 내년에도 잘 먹고 잘 살게 해 주십시오."

맞는 말이다. 누구 덕분에 우리가 먹고 살고 있는가? 사람들은 농사를 농부가 짓는 것으로 알고 있지만 햇빛과 물과 벌레와 바람이 없으면 하나도 이루어지지 않는다. 우리는 천지 만물 덕분에 목숨을 이어갈 수 있는 곡식과 야채를 얻을 수 있는 것이다. 그런 점에서 보면 천지 자연이 곧 우리의 부모인 셈이다. 또 그 안에서 우리는, 벌레와 새와 짐승과 풀과 나무와 형제자매의 관계다. 모든 것이 한 생명인 것이다.

그러므로 해충도 사랑하고 존중해야 한다는 것이 내 생각이다. 사람이 소중한 것처럼 그들도 존엄하다. 요즘 식품 오염이 사회 문제가 돼 있는데, 원인을 파고 들어가 보면 그것이 다 해충에 대한 우리의 잘못된 생각에서 비롯된 것임을 알 수 있다.

그래서 우리는 추수감사제 상을 차릴 때 저 쪽이 아니라 마치 내 밥상을 차리듯 이 쪽을 향해 수저와 제물을 놓았다.

모든 근원이 우리 안에 있고, 또 자연과 인간은 본래 둘이 아니기 때문이었다. 아상我相을 자꾸 벗다 보면 마침내 거기 큰 한 생명체로서의 자연 하나가 남지 않는가.

자연과 인간의 관계는 꼭 부모와 자식의 관계와 같다. 부모는 끝이 없다 싶을 만큼 온갖 것을 주며 자식을 키워내는 힘이 있는가 하면, 자식의 작은 행동 하나에도 무너져 내린다. 자연과 인간의 관계도 그와 같지 않을까. 인간이 어떻게 사느냐에 따라 지구의 꼴은 달라진다.

마지막 한 마디.

궁금할 것이다. 논에 가서 벌레에게 "너무 많이 드시지는 마세요"라고 말했다고 썼는데, 과연 벌레가 그 말을 들어주리라 믿고 했는지, 아니면 그냥 하는 말이었는지?

나는 믿었다. 그렇게 해서 어떻게 됐느냐 하면, 벌레가 곧바로 내 말을 들어주지는 않았다. 그래도 '너무 많이 드시지는 않아서' 한 해 먹을 양식을 거둘 수 있었다. 그러면 되고, 그 정도로도 나는 고맙다.

벌레가 내 말을 바로 들어주지 않을 때 나는 이렇게 생각한다. 내 정성이 부족한가 보구나, 내게 뭔가 문제가 있나 보구나. 그것이 내가 살아가는 방식이다.

일
기

일기는 고독한 마음의 친구이자 위로의 손길이며
또한 의사다. 날마다의 이 독백은, 축도의 한 형식이자
혼과 그 본체의 대화이며, 신과 나누는 이야기이기도 하다.
– H. F. 아미엘Henri-Fredrik Amiel

월든 호숫가에서 통나무집을 짓고 살았던 미국의 자연주의 사상가 소로우
가 남긴 가장 값진 유산은 서른아홉 권의 일기장이었다.

24년 동안 해온 일기 쓰는 습관을 통해, 그는 간결하고 소탈한 표현 방
법을 터득했으며 관찰력이 날카로워지고 사고가 깊어질 수 있었다. 또 일
기를 씀으로써 그는 이전의 경험을 아주 오랫동안 되새겨볼 수 있었다. 자
신의 진보와 후퇴를 점검하며 반성할 수 있었던 것이다. 이런 꾸준한 일기
쓰기가 있었기에 그의 걸작 〈월든〉은 탄생할 수 있었다.

일기는 안식과 카타르시스를 줌과 동시에 쓰는 사람을 성숙하게 한다.
자신을 객관적으로 관찰할 수 있는 방법으로도, 자신을 존중하고 사랑하는
방법으로도 일기 쓰기는 최고의 습관이다.

일기 쓰기 싫은 날

누군가는 말했다. '인류에게는 세계사가 있고, 개인에게는 개인의 역사가 있다. 기록되지 않은 것은 사라져버린다.' 그러나 어쩌란 말인가? 하루도 빠짐없이 날마다 일기를 쓰는 것도 지독한 성실성을 요구한다. 기쁜 날은 기뻐서 까먹고, 슬픈 날은 슬퍼서 귀찮다. 그것이 일기 쓰기다.

따라서 일기 쓰는 습관을 들이려면 먼저 일기 쓰는 일을 즐겁게 만들 수 있는 다양한 장치를 마련하는 것이 좋다. 마음에 드는 일기장이나 필기구를 사는 것도 자신을 설레게 만들 수 있는, 간단하면서도 좋은 방법이다. 또 평소 이야기하듯이 편안하게 쓰는 것도 일기 쓰기에 대한 부담감을 줄일 수 있다.

그래도 언젠가는 다가오고야 말 '일기 쓰기 싫은 날'은 어떻게 대응하면 좋을까? 그럴 때는 일기를 쓰는 대신 책에서 읽었던 감동적인 문장을 옮겨 적는 것으로 대신해 보자. 그 문장을 읽었을 때의 기분이 생생히 되살아나면서 삶에 대한 의욕이 되살아날 것이다. 또 잡지에서 마음에 드는 화보를 오려 붙이거나, 그 날의 마음을 사진을 찍어 기록하는 것도 글쓰기를 대신하는 좋은 방법이다.

소망을 이루어 주는 일기

일기 쓰는 방법에 대한 책을 쓴 사토 토미오 박사는 일기 쓰기의 장점을 이렇게 설명했다. '일기를 쓰다 보면 나라는 인간이 보이고, 나의 꿈이 보이고, 나의 세상이 그려진다. 정말 당신의 삶에 좋은 일이 가득하길 바란다면, 당신 스스로 변화하고 싶다면 일기를 써라.'

누구나 자신만의 목표와 꿈을 갖고 살아간다. 일상이란 꿈을 향해 한 걸음 한 걸음 나아가는 일이고, 그런 점에서 일기는 꿈의 기록장이다. 그 목표를 이루기 위해 나는 오늘 어떤 노력을 했는가?

일기장에 고정된 공간을 만들어 날마다 내디딘 꿈의 발걸음을 기록해보자. 그 꿈의 기록들을 보면서 자신이 옳게 가고 있는지 방향도 점검하고, 지쳤을 때 다시 힘을 얻을 수도 있을 것이다.

'소망을 이루어 주는 일기 쓰기'의 한 가지로 '미래 일기'라는 방법도 권할 만하다. 미래 일기란, 말 그대로 미래에 일어날 일을 상상하며 쓰는 일기다. 하루 동안의 일을 기록해도 좋고, 일주일 간에 일어난 일을 기록해도 좋다. 중요한 것은 자신이 이상적으로 꿈꾸는 미래를 현재형으로 기록한다는 점이다.

작가 지망생이라면 신춘문예에 당선해 수상 소감을 쓰고 있는 모습을, 수험생이라면 원하는 대학에 입학하여 친구들과 캠퍼스를 거닐고 있는 순간을, 아기를 가진 어머니라면 예쁘고 건강한 아기를 안고 온 식구가 행복하게 기념사진을 촬영하는 상황을 생생하게 묘사할 수 있을 것이다.

이것은 스포츠 선수들이 많이 응용한다는 이미지 트레이닝과도 유사하다. 우리의 뇌는 머릿속에 꿈이나 목표를 생생하게 입력하면 그것을 이루려고 하는 강한 본능을 갖는다고 한다. 이처럼 일기 쓰기는, 자기가 이상적으로 생각하는 '셀프이미지self-image'를 강화시켜줌으로써 우리가 쉽게, 생각하기에 따라서는 '저절로' 꿈에 도달할 수 있도록 도와준다.

일기로 하는 마음 대조 공부

원불교에는 소태산 대종사가 수행법의 하나로 밝힌 '일기 기재記載' 공부가 전해 내려온다. '일기 기재' 란 일기를 기록한 다음 여러 사람 앞에서 발표하고, 그 일기에 대한 다양한 의견을 듣는 마음 대조 공부다. 원래는 원불교 교무들만이 하던 수행법이었으나, 최근에는 원불교 신자들뿐 아니라 학생들과 일반인들에게까지 전해져 생활 속에서 효과적으로 실행되고 있다.

수행 일기에서는 일기를 쓰는 것(writing)이 아니라 기재(recording)한다고 한다. 쓴다고 하면 왠지 글을 잘 지어야 한다는 부담감이 생기기 때문이

박선태 원불교 교무. 익산 원불교 총부의 장산 법사를 모시며 교무들의 교육을 담당하고 있다. 또 생활 속에서 자연스럽게 행할 수 있는, 일기 기재를 통한 '마음 대조 공부' 를 일반인들에게 전하고 있다.

다. 기재는 백지에 그림을 그리듯 솔직하고 적나라하게 자기 마음을 드러내면 된다. 맞고 틀리는 것이 없다. 그런 과정을 통해 솔직한 자기 표현과 함께 자신의 마음을 대조한다.

마음 대조라는 것은 짜증, 슬픔, 미움, 열등감, 기쁨 등이 일어난 마음을 원래의 마음에 비추어서, 감정이 일어난 마음을 다시 원래의 마음으로 돌리는 것이다. 일기를 기재할 때는 아래의 글을 거울 삼아 자신의 마음을 대조한다.

나의 마음 바탕에 원래 요란함(어리석음, 그름)이 없건만은

경계境界를 따라 있어지나니

요란함(어리석음, 그름)을 없게 하는 것으로써

스스로 돌아보는 지혜를 세우자.

본래 사람의 마음은 누구나 요란함과 어리석음, 그름이 없는데, 경계(각자에게 주어진 지위나 처지를 이름)에 따라 그럴 수도 있는 것이니 그 마음을 바로 하면 되는 것이다.

경계가 다가왔을 때 빨리 마음을 챙기는 순발력이 바로 부처와 중생의 차이이다. 사람마다 근기根基가 다르고 성품이 다르니 그 사람에게 맞는 방

법이 필요하다. 이런 일기 기재법으로 마음 대조 공부를 한 예가 있다.

발표자 : 미림 엄마가 한 달 전 시계를 샀는데 알람 기능이 안 된다며 돈으로 환불해 달라고 했다. 경기도 안 좋은데 물건을 바꾸어 달라니까 예전에는 뚱뚱해도 밉지 않았는데, 오늘은 왜 그렇게 촌스럽고 못생겨 보이는지 모르겠다(좌중 폭소). 미림 엄마와 나는 원래 사이가 좋았는데 환불해 달라니까 화가 난 것이다. '원래 내 마음 바탕은 어리석음이 없건만은' 즉 미림 엄마와 나는 원래 좋은 관계인데, '경계를 따라 있어지나니' 즉 금전적인 문제로 미운 마음이 났다. '스스로 돌아보는 지혜를 세워' 마음 대조를 하고 보니 본래 마음으로 돌아왔다.

글쓴이 : 그전에는 괜찮아 보이던 미림 엄마가 왜 촌스럽고 못생겨 보였지요? 요즘 경기가 안 좋아 장사가 안 되서 그랬지요? 장사가 안 되는 것이 경기 탓인데 사람 탓으로 돌리게 되었지요. 그러니 시비와 이해로 얽힌 현실 생활을 잘 운전해 가야 하는 겁니다. '원래 내 마음 바탕은 어리석음이 없건만은' 하고 마음을 딱 챙기니 길이 보이지요. 마음을 챙기지 않았다면 미림 엄마에 대한 미움이 두고두고 남겠지요. 그것이 마음의 짐이고 공해입니다.

여럿이 모인 가운데 이런 식으로 일기 기재 공부를 끝내고 나면, 처음에는 서먹서먹하던 분위기도 화사하게 살아난다. 다른 사람들과의 솔직한 나눔을 통해 서로 '네 마음'이 '내 마음'으로 연결되었기 때문이다.

사람들 간에 사랑이 퍼져갈 수 있으려면 어떤 사람에게라도 원망을 쌓아선 안 된다. 기운이 막히는 순간 서로 등을 돌리게 되는 것이다. 그리고 그러한 일은 사소한 감정에서부터 시작된다. 그래서 작은 부분이라도 자신이 어떤 경계에 끌려 있는지를 바라보고 인정하게 하는 마음 대조 공부는 참으로 소중하다.

일기 기재는 이처럼 생활 속에서 자신의 마음자리를 다져가면서 진리에 도달하도록 한다. 마음 바탕을 찾기 위해 누구나 할 수 있는 생활 속의 수행이다.

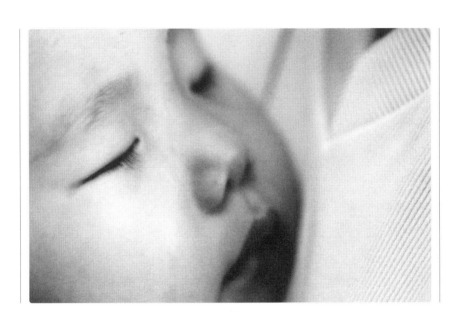

잠

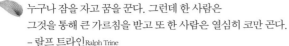

누구나 잠을 자고 꿈을 꾼다. 그런데 한 사람은
그것을 통해 큰 가르침을 받고 또 한 사람은 열심히 코만 곤다.
– 랄프 트라인Ralph Trine

우리는 날마다 잠을 잔다. 잠은 그래서 가장 자연스러운 명상법 가운데 하나다. 수면은 단순히 낮 동안 긴장했던 몸과 마음을 쉬게 하는 시간이 아니다. 우리의 의식이 무한한 우주의 정보를 향해 문을 활짝 열어놓는 창조적이고 생산적인 시간이다.

하지만 대다수의 사람들은 잠자는 동안에 쏟아지는 많은 정보와 에너지를 놓치고 있다. 잠자리에서 몸을 이완시키는 명상을 잘만 활용한다면 잠재되어 있는 자신의 놀라운 능력을 발견하게 된다.

꿈 속에서 위대한 발명의 실마리를 찾아내거나, 불후의 명작을 남기도록 해주는 영감을 얻은 예는 너무도 많다. 낮 동안 도저히 풀리지 않던 문제들이 잠을 달게 잘 자고 나서 해결되기도 한다. 잠은 당신의 잠재능력과 직결되어 있다.

이제 당신의 잠자리 습관을 조금씩 바꿔 보자. 지금까지 낮 동안의 걱정과 불쾌한 경험을 안은 채 잠을 청했었다면 당장 그것을 그만두라. 그리고 당신이 얻고자 하는 것을 꿈을 통해 만나 보라.

자기암시

설레는 기대감으로 잠을 청해 보라.

잠자는 동안 내가 가보고 싶은 곳, 만나고 싶은 존재, 해결하고 싶은 문제의 실마리를 얻을 수 있을 것이라는 확신을 갖는다. 날마다 잠이 들 때마다 내 몸이 건강해지고 정신적 능력이 향상될 것이라고 믿는다면, 시간이 지나 실제 그렇게 되어 있는 자신을 발견하게 될 것이다.

　처음에는 뜻대로 잘 되지 않을 수도 있다. 어떤 사람은 아주 빨리 결과를 얻기도 하고 어떤 사람들은 오래 걸리기도 한다. 마음을 푹 놓고 잠에게 모든 것을 맡겨라. 잠을 잘 때 우리의 정보 흡수력은 엄청나게 증폭된다.

　"나는 꿈 속에서 해결되지 않은 그 문제에 대한 해답을 얻는다. 이 우주의 정보 창고 어딘가에 있는 그 답을 잠자는 동안 찾아낼 것이다. 내일 아침 나는 그것을 기억해 내기만 하면 된다." 이렇게 잠자리에 드는 자신에게 속삭여 주어라.

자궁으로 돌아가기

어머니 뱃속에 있을 때의 편안함, 그 편안한 자리로 돌아가는 명상법이다. 아늑한 이불 속에서 태아처럼 웅크려 보자. 모든 불안이 사라진다. 그리고 무한한 가능성 앞에 당신은 놓여 있다. 당신의 의지대로 당신의 삶을 새로 프로그래밍할 수 있다. 하루종일 뭔가 충족되지 못한 느낌이 지배적이었다면 태아가 되어 자애로운 우주의 사랑을 공급받으라.

잠들기 전 침대에 앉아 편한 자세로 눈을 감는다. 자신의 몸을 머리에서부터 발끝까지 천천히 느껴 본다.

서서히 시간을 거슬러 올라가자. 초등학교 시절을 거쳐 유아기로, 유아기에서 어머니 뱃속의 시절로 거슬러 올라간다. 몸이 앞으로 기울어지기 시작하면 그대로 맡겨둔다. 몸은 점차 앞으로 기울어진다.

어머니 자궁 속의 작은 아기가 된다. 자신의 호흡에 귀기울인다. 심장의 박동소리가 들리는가? 아주 편안한 그 상태를 즐겨라.

탯줄을 따라 우주의 생명 에너지가 당신에게 공급된다. 잠자는 동안 내내 당신은 어린아이처럼 새로워지고 밝은 우주 에너지로 새롭게 충전된다.

죽음의 명상

한 번도 죽음을 경험해 보지 않았다고 생각하는가? 누구나 홀로 맞을 수밖에 없는 그 순간을 경험함으로써 성숙해지고 지혜로워질 수 있다.

죽음은 두려워할 대상이 아님을 이 명상을 통해 깨닫게 될 것이다. 해야 할 일을 마치고 미련 없이 모든 것을 다 놓을 수 있을 때 자유롭고 가슴 설레는 여행이 당신을 기다리고 있을 것이다. 이 명상을 하다가 잠이 오면 그대로 잠이 들어도 좋다. 억지로 잠을 깨려고 할 필요는 없다. 명상이 잠으로 이어지도록 하라. 잠 속에서 명상을 계속하라.

자리에 누워 몸을 편안히 이완시킨다. 자신이 죽었다고 상상한다. 눈, 코, 입, 귀, 촉감…… 모든 감각기관이 하나 둘 닫히기 시작한다. 어느 순간, 몸을 움직일 수 없는 지경이 된다. 영혼이 몸에서 떠나 버렸다고 상상한다.

이제 몸에서 빠져 나온 당신의 의식은 편하게 잠들어 있는 몸을 바라본다. 모든 것을 객관적으로 바라볼 수 있는 좋은 기회다. 감정, 성격, 얼굴, 몸뚱이 등을 아무런 판단도 하지 말고 그저 담담히 바라보라.

이윽고 시신이 된 자신의 몸을 관찰한다. 내장, 혈액, 뼈…… 시간이 지남에 따라 주검이 썩어 가는 것을 바라본다. 흙과 분간할 수 없을 정도로 살은 썩어 없어지고 뼈마저 삭아 바람과 비에 흩어져 가는 것을 바라본다.

시신이 자취 없이 사라졌지만 당신은 여전히 미소를 지으며 평화롭게 이 모든 것을 바라보고 있다. 당신에게 어떤 느낌이 일어나는지 느껴보라. 편안한가, 두려운가, 슬픈가, 아쉬움이 있는가? 자신도 모르게 눈물이 흘러나오기도 할 것이고 때론 후련한 기분이 들기도 할 것이다.

당신의 육체, 성격, 인간 관계, 행위, 지식, 재산…… 이 모든 것이 사라졌지만 당신은 여전히 평화롭게 존재한다. 사라진 그것들이 당신의 실제 모습이 아니었음을 느낄 것이다.

이러한 명상을 반복할수록 삶에 대한 이유없는 긴장과 두려움 그리고 집착이 사라져감을 느끼게 된다.

빛의 샤워

이른 아침 온 세상을 깨우는 그 거대한 기운을 이용해 보자. 당신이 하루 중 가장 생기 있을 그 시간, 가장 많은 가능성을 가지고 있는 그 기회를 놓치지 말라.

밝고 부드러운 빛을 떠올리며 숨을 크게 들이마시면서 그 빛이 몸으로 쏟아져 들어온다고 상상한다. 샤워기에서 물이 쏟아져 온몸을 적시듯, 빛은 머리를 통해 쏟아져 들어와 온몸을 적신다. 그렇게 쏟아져 들어온 빛이 발끝을 통해 나간다.

머리에서 목, 팔, 다리, 몸통 순으로 빛을 환히 비춰 준다. 빛을 환하게 비추고 나면 그 부분이 환하게 밝아진다고 상상한다.

몸이 점점 가벼워지면서 이번에는 온몸이 빛 속에 들어와 있다고 상상한다. 빛이 숨을 쉬듯이 밝았다 어두워지면서 자신의 모습이 점점 커진다. 자신이 커질수록 형상은 점점 엷어지고 빛 속으로 녹아들어 사라진다. 이제 당신은 무한의 존재가 된다. 아주 미세한 빛의 입자가 된다.

낮 세계도 꿈인 것을

우리는 밤마다 꿈을 꾼다. 꿈 속에서 마음대로 날아다니기도 하고, 아무리 뛰어도 제자리걸음만 하는 난감함도 경험한다. 현실에서 얻기 힘든 만족스러운 성性체험도 하고, '벌써 내 나이 팔십이 되었네!' 하는 정황이나, 내 무덤 또는 내 시신을 보는 수도 있다. 한 사람이 다른 사람이나 짐승으로 바뀌기도 하고, 한 장면이 금세 다른 장면으로 바뀌기도 하며, 꿈 속에서 잠을 자다 또 다른 꿈 속으로 들어가는 경험도 더러 한다. 대개 잠들던 자리만 빼놓고 어디든지 가 있으며, 지금이 아닌 먼 어린 시절로도 돌아간다.

곽노순 석가, 노자, 장자, 천부경, 강증산 등을 종횡무진하며 예수를 '소화해' 내는 괴짜 목사. 문익환 목사 등과 한국 신구교 공동번역성서 작업을 했으며 목원대학에서 가르쳤고 지금은 후기 기독교 신학연구실을 운영하고 있다. 저서로는 〈우주의 파노라마〉〈광야의 웃음소리〉〈예수현상학〉〈백오십 천지광유〉 등이 있다.

전혀 이 세상 같지 않은 사태도 종종 만난다. 논리나 자연법칙, 윤리 같은 것에 전혀 개의치 않는, 불가능이 없는 듯한 세계이다. 도대체 내 속의 누가 이렇게 내용을 각색하는 것일까? 낮의 세계를 살아가는 '나'로서는 그 창의성과 상징성 그리고 다채로움에 놀라지 않을 수 없다.

매일 밤 인류의 절반이 이런 꿈세계를 여행한다. 지나간 100만 년 동안 연출된 그 가상현실의 총영상들을 레이저빔으로 허공에 투영한다면 얼마나 현란할까?

이제 잠시 우리의 관심을 다른 곳으로 돌려 보자. 우리는 생물학을 배운 여자나 안 배운 여자나 아이를 낳는 데는 별 차이가 없다는 것을 안다. 아이를 낳는 일은 생물학을 배우는 '뇌'와는 관련이 없기 때문이다.

눈과 코뿐 아니라 뇌조차도 없는 나무가 물과 흙과 공기만으로 아름다운 꽃과 향기를 만든다는 사실이나, 과학자도 따로 없고 연구라는 것을 하는 기색이 없는데도 바이러스들이 인간들이 발명한 항생제의 효과를 극복한다는 사실에 직면할 때, 우리는 '뇌'보다 창조력이 뛰어난 그 무엇이 모든 생물 속에 작동하고 있음을 인지하게 된다. 아마도 우리들이 밤마다 꾸는 꿈세계는 지구상의 모든 생물들과 공유한 그 미지의 '창조성'에 뿌리를 둔 것인지 모른다!

낮 동안의 의식은 실수實數의 세계와 같고, 밤 동안의 의식은 허수虛數의 세계와 같다. 그러므로 인간은 실수와 허수의 복합으로 이루어진 복수複數에 비견된다. 전자와 같은 미시 세계를 기술할 때 양자역학은 '파동함수'를 이용하는데, 이 파동함수는 복수로 되어 있다. 그리고 바로 그 복수적인 요인 때문에 전자는 외부 의식에 의해 관찰되기 전까지는 동시에 모든 장소에 있다고도, 어디에도 존재하지 않는다고도 말해진다. 또한 현재로부터 미래로 향하는 파장과 미래로부터 현재로 향하는 파장, 이 두 파장의 간섭으로 현실태가 이루어진다고도 말한다.

어쩌면 꿈이라는 허수세계도, 같은 이치로 미래로부터 오는 정보에 접할 수 있으며 어떤 장소에도 투영될 수 있는 것이 아닐까? 아마도 예술가와 과학자, 성현과 도인 들은 해와 달 아래서 이런 의식의 파동함수에 정통한 경우일 게다.

낮의 푸른 하늘은 육안으로 보기에는 열린 듯하나 사실은 태양 광선이 대기의 먼지에 산란을 일으켜 아득하게 막힌 돔을 형성한 것이고, 거꾸로 밤의 별과 별 사이의 검은 공간은 막힌 듯이 보여도 사실은 무한으로 열려진 틈새라는 것을 우리는 알고 있다. 낮세계를 이루는 인간 의식이 제약적이고, 꿈세계의 의식이 무제한적인 것도 그와 같은 이유에서일까?

황색 별인 태양이 활동적인 에너지와 논리와 윤리를 인류에게 제공하는

216

것이라면, 흰색 별인 달과 청색 별들은 휴식의 에너지와 무궁한 상상력을 선물하는 것일까? 우리의 좌뇌와 우뇌가 이런 양면성에 관련된 것이라면, 바로 이 둘의 조화와 통일을 꾀하는 훈련이 명상이리라. 불연속적인 낮과 밤의 두 세계를 반복하며 살아가는 인간 존재가 기이할 뿐이다.

45억 년 묵은 지구의 모든 질료는 잠을 자고 있는 상태이고, 35억 년 전 생물의 출현은 꿈의 시작이며, 그 중에서도 미생물과 식물과 동물은 비교적 길몽을 꾸는 것이고, 겨우 최근에 나타나 자기파괴적인 문명을 창출한 인간 종자는 악몽에 해당한다고 볼 수 있을까? 길몽은 잠을 계속하게 하거니와, 악몽은 깨게 할 개연성이 높다. 석가나 노자, 예수와 장자는 그렇게 해서 우주 너머의 실재實在에 눈을 뜨고 잠을 깬 사례라 할 수 있지 않을까?

명상이란 이들의 뒤를 좇는 것이다. 구체적으로는 첫째, 낮세계도 꿈인 줄을 알아 연연하지 않는 것이며 둘째, 무서움을 모르는 자세를 연마한 끝에 꿈 속에서도 맑은 의식을 유지하는 일이다. 그리고 셋째는 이것이다. 꿈의 무대를 사라지게 한 채 달게 잠을 계속하거나, 꿈을 각색하는 그 보편적 창조성에 자신의 의지를 일치시켜 임의로 조화를 부려 보는 것.

그러나 궁극적으로 명상은, 생물권 전체의 꿈을 꾸며 물질우주라는 잠을 자고 있는 그 이름 모를 주체자에게까지 거슬러 올라가, 그 분 또는 그것의 존재와 의식과 희열에 합일하는 것을 뜻한다.

　하루하루 낮과 밤이 교차하는 두 시점, 곧 황혼과 새벽에 육체를 시신처럼 부동의 상태에 두고 다만 호흡을 의식하는 이 앞에, 시공 너머로의 '각성'이 파동치고 있다.

생활 속의 명상

초판 1쇄 발행 2005(단기 4338)년 1월 11일
개정판 6쇄 발행 2020(단기 4353)년 7월 1일

지은이 · 곽노순 구본형 김용택 김홍일 박선태 박완서 박희준 우종영 이생진
　　　　이연자 이현주 임동창 조병준 최남률 최성현 차윤정
펴낸이 · 심정숙
펴낸곳 · (주)한문화멀티미디어
등록 · 1990. 11. 28. 제 21-209호
주소 · 서울시 강남구 봉은사로 317 논현빌딩 6층 (06103)
전화 · 영업부 2016-3500 편집부 2016-3507
www.hanmunhwa.com

편집 · 이다향 강정화 최연실 진정근
디자인제작 · 이정희 목수정
경영 · 강윤정 권은주 | 홍보 · 조애리
영업 · 윤정호 조동희 | 물류 · 박경수

만든 사람들
책임편집 · 김은하 | 디자인 · 이은경 | 사진 · 김명순 김경아

ⓒ 한문화, 2005
ISBN 978-5699-074-3 03810